蒙古
後金
サルフ
日
北京
（順天府）
天津
山海関
黄河
椵島
朝鮮
盤龍山
県城
延安府
陝西
開封
鳳陽府
平戸
西安府
南京
揚子江
蘇州
成都
（四川）
襄陽
瀘沽湖
福州
廈門
台湾
明

駅伝大帝《えきでんたいてい》

壱

Ekiden Taitei
Episode 01

鋏 海老治郎

Hasami Ebijiro

駅伝大帝

鋏 海老治郎

目次

登場人物

《反乱軍》

李自成《りじせい》……元駅卒の男。皇帝を目指す
劉宗敏《りゅうそうびん》……李自成《りじせい》の義弟
李巖《りがん》……李自成《りじせい》に雇われた軍師
馬竜媒《ばりゅうばい》……李巖《りがん》の妻
王九思《おうきゅうし》……李巖《りがん》に雇われた間者
董生《とうせい》……同じく間者
陳畹芬《ちんふぇいふん》……女間者
王嘉胤《おうかいん》……反乱軍の首領
高迎祥《こうげいしょう》……反乱軍の指揮官
張献忠《ちょうけんちゅう》……高迎祥《こうげいしょう》の副官
金王孫《きんおうそん》……道士かつ槍の名手
陽細徠《ようさいらい》……龍華会の首領
劉耀中《りゅうようちゅう》……陽細徠《ようさいらい》の副官
羅汝才《らじょさい》……陝西の大侠客
楊成祖《ようせいそ》……羅汝才《らじょさい》の副官
王隆《おうりゅう》……同じく副官

《明》

崇禎帝《すうていてい》……明の十七代皇帝
袁崇煥《えんすうかん》……明を背負う将軍
魏忠賢《ぎちゅうけん》……明を乱した大宦官
徐光啓《じょこうけい》……宰相
銭謙益《せんけんえき》……東林党の学者
王承恩《おうしょうおん》……崇禎帝《すうていてい》の側近。宦官
倪元璐《げいげんろ》……書家

范景文《はんけいぶん》……書家
葉再昌《ようさいしょう》……明の諜報機関を率いる。宦官
周延儒《しゅうていじゅ》……官僚
温体仁《おんたいじん》……官僚
秦良玉《しんりょうぎょく》……成都の土司
呉襄《ごじょう》……反乱鎮圧にあたる将軍
呉三桂《ごさんけい》……呉襄《ごじょう》の息子
満桂《まんけい》……袁崇煥《えんすうかん》の副官
黒雲竜《こくうんりゅう》……同副官。騎馬隊長
祖大寿《そたいじゅ》……同副官
孫承宗《そんしょうそう》……熱き老将
盧象昇《ろぞうしょう》……次世代を担う若い将軍

《後金》

ヌルハチ……一代で後金をまとめた英雄
ホンタイジ……ヌルハチの息子
マングルタイ……ホンタイジの兄
ドルゴン……ヌルハチの末子
ホーゲ……ホンタイジの息子

《その他》

鄭芝龍《ていしりゅう》……厦門《あもい》の総督
毛文龍《もうぶんりゅう》……元明の将軍
尚可喜《しょうかき》……毛文龍《もうぶんりゅう》の義息
耿仲明《こうちゅうめい》……同義息
孔有徳《こうゆうとく》……同義息
青娥《せいが》……侠女
田川七左衛門《たがわしちざえもん》……日本の商人
マツ……七左衛門《しちざえもん》の娘。鄭芝龍《ていしりゅう》に嫁ぐ
福松《ふくまつ》……鄭芝龍《ていしりゅう》とマツの息子

第一話

疾風《しっぷう》

天啓《てんけい》五年（西暦千六百二十五年）、八月。

延安府《えんあんふ》には夏の湿った風に乗って、濡れた土の香りが南から吹いていた。

数千年の間、変わることなく続く大地の薫香《くんこう》である。

南には黄河と呼ばれる大運河があり、古来より多くの人々が此処《ここ》に住んだ。

この一帯は黄河の支流延河《えんが》の中流部、黄土高原に形成された土地に置かれた行政区画である。古くは北宋時代に定められ、明の時代は三州十六県を管轄している。

その中でも綏徳《すいとく》州は交通の要所とされている。

都市の周りを長大な城壁が囲い、外には四方八方に向けて道が整備され、人も通り物も通る。

南門より十里ほど向かった先に、男が二人、並んで馬を駆《か》っていた。

大柄な一人はそれに似合う大柄な馬に跨《また》がり、小柄な一人はやや細い馬に跨《また》がっている。

両者とも、決して道を譲らんとばかりに、猛スピードで駆けていた。

暫《しば》く並んで走っていたが、城まで八里というところで、大柄な馬が唾を吐き、脚が絡《から》まり出した。

小柄な男はそれを見ると、鞭《むち》で馬の尻を思い切り打った。

細い馬は瞬く間に速さを増し、いつの間にか百歩の間《あいだ》ほど差がついていた。

そのうち、大柄な馬が倒れた。

大柄の男は投げ出され、地面へ転がり落ちた。

「やあ！　負けた！　俺の負けだ！」

男は何事もなく立ち上がると、先を走る男に向かって叫んだ。

小柄な男は白い歯を見せながら、引き返して来た。痩せた馬は汗一つかいておらず、足取りもしっかりしている。

「どうした、豪傑。俺の馬は、あと百里は走れるぞ」

「いやあ、俺の負けだ。この劉宗敏《りゅうそうびん》、感服致《いた》した」

二人共《とも》、二十歳前後の頃合いだった。

ただ、劉宗敏《りゅうそうびん》と名乗った大柄な男は、顎《あご》に虎のような髭《ひげ》が生え、やや年が増して見える。太い眉に、厚みのある身体、まるでいにしえの豪傑が絵巻物から出てきたかのような、身の丈六尺の偉丈夫《いじょうぶ》だった。

小柄な男は馬から降りると、劉宗敏《りゅうそうびん》と共に道の端へ腰を下ろした。

「だらしないぞ、劉宗敏《りゅうそうびん》！　このざまでは、盗賊百人すら討ち払えまい」

「いや、あんたがただの駅卒（物資や郵便を運搬する労働者）ではないだけだ。俺が大槍を握れば、千人を相手にできる」

小柄な男は、かはっと笑った。

「千人か、大きく出たな」

「俺の夢は、兵部尚書《へいぶしょうしょ》（国防の長官）になることだ。後金《こうきん》の蛮族共を蹴散らし、救国の英雄になるんだ」

この時代、明王朝は北方の女真族《じょしんぞく》の国家である後《こう》金《きん》の圧力に押されていた。

万歴《ばんれき》四十七年（西暦千六百十九年）、その勢いを恐れた明は、傘下の国である朝鮮と共に、総勢十六万の兵を以て後金《こうきん》を攻めた。しかし、サルフ（現代の遼寧省撫順市《りょうねいしょうぶじゅんし》）の戦いで、半数以下であった後《こう》金《きん》に完敗していた。

後金《こうきん》軍を率いたのはヌルハチという男だった。

一代で女真族《じょしん》を統一させ、戦においては無敗を誇る傑物《けつぶつ》である。

女真《じょしん》族はかつて、建州女真《けんしゅうじょしん》、海西女真《かいせいじょしん》、野人女真《やじんじょしん》の三部族に分かれていた。

明王朝は金銭や武力を用いて、部族間を反目させ合い、それらを弱体化させる方法をとった。祖父と父を民族間の内紛で亡くしていたヌルハチは、初めは明への恭順の意思を示した。

しかし明の注意が逸《そ》れた隙を狙って、ヌルハチは動いた。僅《わず》か六年余で民族の統一を成し遂げると、明へ七大恨《しちだいこん》という宣戦布告を突き付けた。


第一、明朝は、理由もなく父と祖父を殺害した。

第二、明朝は、お互いに国境を越えないという誓いを破った。

第三、明朝は、越境者を処刑したことの報復として、使者を殺して威嚇した。

第四、明朝は、イェへ（満州氏族の一つ）の婚姻を妨げ、女をモンゴルに与えた。

第五、明朝は、耕した土地の収穫を認めずに、軍をもって追い出した。

第六、明朝は、イェへを信じて、われらを侮辱した。

第七、明朝は、天の意に逆らい、イェへを助けた。


決別を意味するこの檄文《げきぶん》。

翌年の、サルフの戦いでの勝利。

その勢いに押された明は、救国の英雄を求めていた。

そして、志ある若者が都市を目指した。

劉宗敏《りゅうそうびん》もまた、村を出て官軍に志願する一人であった。

村では手がつけられない暴れ者であったため、困り果てた老父が焚きつけたのだ。

劉宗敏《りゅうそうびん》を駆り立てたのは若さか、高い自尊心か。

その日のうちに、得物の槍とわずかな食糧を持って村を出た。

武で身を立てるのは、農作業より簡単だと思っていた。

何より、生まれてから自分より強い者と会ったことがない。

力は大人十人に勝るし、大槍の技は三十ほど身に付けた。そして兄弟同然に育った愛馬、「黒戴《こくたい》」に乗れば向かうところ敵はいない。

ところが、綏徳城《すいとくじょう》に向かう道中、小柄な駅卒の男からこう声をかけられた。

「おい豪傑、戦に出向くようだが、そんな駄馬《だば》じゃ無駄死にするぞ」

意気荒くしていたところに、急に冷や水をかけられた格好となった。

劉宗敏《りゅうそうびん》はすぐ頭に血がのぼった。

駅卒から馬鹿にされたとあっては、豪傑劉宗敏《りゅうそうびん》の名がすたる。

「やい駅卒、俺を馬鹿にしたな？　競争だ。俺が勝ち、その肉を食ってやる」

「受けて立とう。負けた者は、勝った者の言うことをきく。それでいいな？」

「無論だ。俺の名は劉宗敏《りゅうそうびん》。天下無双の豪傑だ！」

駅卒の男は自分より幾分も小柄であった。髭もなく目も切れ長で、女性的な顔立ちをしていた。しかし声色は鋭くよく響く。街中で流行りの曲などを歌わせれば、女性たちはみな振り向くであろう。

こんな優男の駅卒に負けてなるものか。

劉宗敏《りゅうそうびん》はそう自身を鼓舞しながら、丹田に力を込めた。

そして、互いに呼吸を合わせて馬の腹を蹴った。

城へ向かう一本道を、二頭が並んで駆けた。

暫《しばら》くは並んだままであったが、二里ほど駆けたところで、黒戴《こくたい》が音《ね》を上げ始めた。劉宗敏《りゅうそうびん》は目一杯鞭を打ったが、遂に黒戴《こくたい》は倒れて自身は投げ出されてしまった。

只の駅卒ではない。

鞭を入れる手合いも、馬に呼吸を合わせる技術も尋常ではない。

人馬一体とはこういう男のことを言うのであろう。

劉宗敏《りゅうそうびん》は男と向き合いながら、その様相をじっと観察していた。

涼しげな顔をしているが、放つ気は緩めず、静かに身中で収めている。

駅卒というより、武芸者に近いと感じた。

しかし男は劉宗敏《りゅうそうびん》と向かい合いながらも、どこか遠くを見ているようだった。

「駅卒仲間から聞いた話だが、今は袁崇煥《えんすうかん》という文官が軍勢を率いて女真《じょしん》と相対しているそうだ」

「けっ、科挙上がりが。そんな奴より、俺の方が幾倍も役に立つぜ」

劉宗敏《りゅうそうびん》はむすっとした表情で、地面を何度も拳で叩いた。

男はその様子を見て、可笑しそうに笑い出した。

「お前、官僚が嫌いか」

「大嫌いだ」

劉宗敏《りゅうそうびん》は益々不機嫌になって、男を睨みつけた。

「さっきから俺を馬鹿にしているな？　なあ、あんたに夢はないのか？」

「俺か。俺の夢はな、黄袍《おうほう》を身に纏《まと》うことだ」

劉宗敏《りゅうそうびん》はかっと目を見開くと、慌てて男の口を手で覆った。

「軽々しくそんな冗談を言っちゃいけねぇ。東廠《とうしょう》の連中に聞かれたら、生皮を剥がされるぞ！」

東廠《とうしょう》とは、明の宦官内閣が持つ諜報機関である。

政治的な陰謀の摘発を目的とし、現在は明王朝を牛耳る大宦官、魏忠賢《ぎちゅうけん》の意に従わない者を次々と摘発し、酷刑に処していた。

こういう話がある。

都の北京から遠く離れた遼寧《りょうねい》の酒場で、男二人が言い争いになった。

一人の男は酷く酔って魏忠賢《ぎちゅうけん》を侮辱し、もう一人の男が慌てて止めていた。翌日、侮辱した男は身体中の皮を剥がされて殺され、もう一人の男は金を与えられたという。

当時、魏忠賢《ぎちゅうけん》の意を受けた大量の間者《かんじゃ》が大陸全土に放たれ、人民を厳しく監視していたのである。

「なあに、東廠《とうしょう》など、すぐに見分けがつく」

「おお、それは気になるぞ。どんな奴なんだい？」

「小柄で、目が細い男だ」

劉宗敏《りゅうそうびん》はぎょっとした様子で、栗のように大きい目を見開いた。

「冗談だ、劉宗敏《りゅうそうびん》。天下無双の豪傑なら、それくらいで怖気《おじけ》づくな」

男はまた遠くを眺めて、からからと笑い出した。

劉宗敏《りゅうそうびん》は益々、この男が分からなくなった。そして、もっと知りたいと思った。

この男はやはり、只《ただ》の駅卒ではない。

村に出入りしていた駅卒は、もっと弱々しい、息を吹きかけたら飛んでしまいそうな印象だった。しかし、目の前の男は小柄な見た目に反して、強い。

その上、男を観察しているつもりが、その煙に巻くような話しぶりに、いつの間にか自分が値踏みをされている気分になってきた。

「さっきから冗談を言うのはやめてくれ。俺は本当のお前と話したいんだ」

「本当の俺は、俺にも分からんさ。ただ、駅卒を続けていると、お前のような男とよく出会う。いずれも力自慢で、己こそが天下一の豪傑であると自負していた」

「その男たちは、それからどうしたんだ？」

「北へ行って、二度と戻らなかった」

「死んだのか」

「国に尽くすとは、そういうことかもしれんな」

「俺は、そうはならん」

男は深くため息をつくと、腰を上げた。

「劉宗敏《りゅうそうびん》。俺はお前と出会う数刻前、廟《びょう》に祈りを捧げる貧しい娘を見かけた」

「こんな時世、廟《びょう》に祈る奴なんて、珍しくないじゃないか」

「魏忠賢《ぎちゅうけん》の廟《びょう》だ。奴は今、己が神にでもならんとしている」

「あんな奴に祈ったって、ご利益なんてないだろう」

「そうだ。そして、娘は祈りながら、こう言った。魏忠賢《ぎちゅうけん》様、九千九百歳、と」

劉宗敏《りゅうそうびん》は眉間に皺を寄せると、哀しそうに肩を落とした。

「劉宗敏《りゅうそうびん》。お前でもこの意味は分かるだろう。皇帝を喝采する時には万歳。そして魏忠賢《ぎちゅうけん》に対しては」

「よく分かった。目が覚めたよ。国に尽くしても命を無駄に落とすだけだ。俺は大人しく村へ帰って、親父を助けるよ」

「それはいかん。お前のような豪傑を遊ばせておくほど、世は甘くない」

「ならどうするんだ？　国に仕えても無駄だと言ったのはあんただぞ」

「負けたら何でも言うことをきく、先ほどの約束を忘れたわけではあるまいな？」

劉宗敏《りゅうそうびん》は、はっとした顔で立ち上がった。

「駅卒の家来なんざ、お断りだぜ！」

「お前は天下無双の豪傑だろう？」

「駅卒に仕えたと言ったら、それこそ世の笑い者だ！」

「俺はいずれ駅卒を辞める。その時がくるまで、お前は村で父親を助けるのだ」

「その時ってのはいつだ。五年か、十年か。そんなもの信用できるか！」

劉宗敏《りゅうそうびん》の文句を背に受けながら、男は痩せた馬に跨《またが》った。そして、人差し指を空高く上げた。

「お袋は言った。俺を身籠る寸前、天駆ける龍が腹に入った、と」

「また冗談を言って、俺を惑わせる気だな？」

「聞け、劉宗敏《りゅうそうびん》。いや、義弟《おとうと》よ。俺はやがて明と後金《こうきん》を討ち平らげ、より大きな国を創る」

北より雷が鳴った。そして、南より風が吹いた。

「大した法螺吹きだな」

「俺を信じろ、劉宗敏《りゅうそうびん》。北で死ぬはずだったお前の命を、俺が使ってやるのだ」

「冗談を言っているのではないのか？」

「それが、お前の天命だ」

天命。男の言葉に劉宗敏《りゅうそうびん》は吹き出すと、やがて腹を抱えて笑い出した。

なぜ可笑しく感じたのか、初めは自分でもよく分からなかった。

段々と、手を腹の中まで突き入れられて、中からくすぐられている感覚がする。

天命。天命か。

その馬鹿馬鹿しい言葉が、己の全身を駆け巡っていく。

劉宗敏《りゅうそうびん》は一頻《ひとしき》り笑い終えると、その場に膝を付き、男に拱手《きょうしゅ》した。

「面白い。どうせ命を捨てる機会なんてないと思っていた。兄者、俺はその大法螺に乗ってみたいと思ったぜ」

「ようし。お前はやがて村を捨てて俺と天下を暴れるのだ。それまで、父によく孝を尽くせ」

「分かった。ただ、困ったことがある。俺は、兄者の名を知らん」

「俺の名は、李自成《りじせい》だ。李自成《りじせい》が兵を上げた、と聞いたら、お前は綏徳《すいとく》の城まで来い。黒戴《こくたい》に跨《また》がり、大槍を掲げ、俺の道を切り開け」

「李自成《りじせい》！　それが天下人の名か！　覚えたぞ！」

李自成《りじせい》は劉宗敏《りゅうそうびん》に目で合図すると、城の方角へ駆けて行った。

その後ろ姿を見つめながら、劉宗敏《りゅうそうびん》は全身を熱い高揚感に包まれていた。

もしかしたら、大法螺吹きの駅卒が自分を馬鹿にしただけなのかもしれない。

しかし、李自成《りじせい》と出会っていなければ、歴史の濁流の中で、自分は消えていた。

知った風《ふう》に天を語る駅卒に、そこを救われた。

劉宗敏《りゅうそうびん》は黒戴《こくたい》に跨《また》がると、村の方へ駆けた。

天下を相手に戦うのだ。黒戴《こくたい》も自分も、もっと強くあらねばならない。

天命。これまでなんとなく聞いていた言葉が、魂の奥底へ吹き込まれたような気がしていた。

劉宗敏《りゅうそうびん》は黒戴《こくたい》に揺られながら、遠い遥か彼方を見た。

どこまでも広がる天と地の間に、新たな道が一本創られていた。


〜〜〜〜〜〜〜〜〜〜〜〜〜〜〜〜〜〜〜〜


天啓《てんけい》六年（西暦千六百二十六年）、二月。

寧遠《ねいえん》（現在の遼寧省葫芦島市《りょうねいしょうころとうし》）の城内は熱かった。

極寒の大地が囲み、北からは肌を刺す風が吹く中、袁崇煥《えんすうかん》率いる明軍の士気は高く、その熱気は城内の雪を溶かした。

必死則生、幸生則死。

死を必すれば則ち生き、生を幸《こいねが》えば則ち死す、という呉子にある格言を、袁崇煥《えんすうかん》は二万の兵に説いた。

袁崇煥《えんすうかん》は饅頭をかじりながら、北門の城壁の上にいた。

その視線の向こう一里余り先に、ヌルハチ率いる十万の後金《こうきん》軍が、城の北と東を囲むように陣を立てている。

後金《こうきん》八旗と呼ばれる軍団が、それぞれに色分けされた旗を棚引かせ、いつ銅鑼《どら》を鳴らして攻めてくるか分からない。

寧遠《ねいえん》は山海関の外郭で辺境守備の大事な拠点であり、此処《ここ》を失えば再奪取に十年以上を要する上、後《こう》金《きん》に反撃する大きな一手を失う。

城はそれほど大きくはない。それでも、他と比べると堅牢な造りをしている。

一辺一里半の城壁が四方を囲い、四十尺の高さがある城壁の上に、敵楼《てきろう》という櫓《やぐら》が七十二か所築かれ、城壁の突き出したところには、墩台《とんだい》という防御施設が五十近くも設けられている。

城外には、北西に高い丘があり、南は川が流れている。

北東より来襲した後金《こうきん》軍は、北面と東面より攻めるのが常道であり、袁崇煥《えんすうかん》はその二方面に大きく兵を割いた。

明にとって、決して負けてはいけない戦いである。

しかし一か月前、明の後方では大きなトラブルがあった。

無実の罪から総司令官の孫承宗《そんしょうそう》が更迭され、宦官の高第《こうだい》がその跡を継いだ。

高第《こうだい》は大戦の経験もなく臆病者であった。

軍議の場で、高第《こうだい》は遼西を放棄して守りを山海関に絞るように主張した。

それに対して、袁崇煥《えんすうかん》を初め明将は尽《ことごと》く反対の意を示した。

サルフの戦いに敗れて以後、前任の孫承宗《そんしょうそう》は屯田策を用いて後金《こうきん》に抵抗し、七年余り頑強に守り抜いた。

明将たちにとってみれば、いずれ反攻する上で、此処《ここ》が最重要戦線であり、放棄するなど以ての外であった。


袁崇煥《えんすうかん》は鋭い目つきで、八旗の動きを確かめていた。

中央の軍から伝令がしきりに行き来し、後方には、昨日は見えなかった攻城兵器が並んでいる。

「仕掛けてくるなら、もう間もなくでしょうな」

不意に、後ろから声をかけられた。

振り向くと、孫承宗《そんしょうそう》がいた。

孫承宗《そんしょうそう》は数日前、兵卒として加わりたいと袁崇煥《えんすうかん》へ申し出てきた。

総司令官を解任されてから、退役を自ら請うて故郷へ帰ったのかと思いきや、兵卒と同じ格好をして袁崇煥《えんすうかん》を訪ねてきたのだ。

大人しく解任を受け入れたものの、遼西一帯を七年余り守り続けた意地と誇りがある。孫承宗《そんしょうそう》とは、そういう男だった。

「承宗殿、急ごしらえの兵で申し訳ない。五百の歩兵を整えるのが精一杯だった」

「いやいや。わしのような兵卒に、鎧を与え、兵まで預けてくださった。ご期待には、必ず応えてみせましょう」

袁崇煥《えんすうかん》としても、文武両道で知られた孫承宗《そんしょうそう》の助《すけ》太刀《だち》は、非常に有難いものであった。

兵数であれば既に負け戦である。しかし、籠城戦とは各将の采配に大きく左右されるものであり、こちらに優秀な指揮官が一人でも多ければ、苛烈《かれつ》な攻撃であっても十分防ぎきれる。

「手筈通り、承宗殿は満桂《まんけい》の旗下で動いていただきます」

「満桂《まんけい》、あと祖太寿《そたいじゅ》、あれらはいい将軍になりましたな。袁崇煥《えんすうかん》将軍の指導の賜物でしょう」

「彼らは飲み込みが早いのです。しかし、まだ若い。承宗殿の御力が必要です」

城内の指揮は、袁崇煥《えんすうかん》配下の満桂《まんけい》が行っている。副官に祖太寿《そたいじゅ》。さらに東門から一里離れたところには黒雲龍《こくうんりゅう》が二千の騎兵を率いて、布陣している。

誰もが後金《こうきん》との戦をよく知る者たちであり、誰もがこの戦の勝利を信じている。

「しかし、将軍。城内の布陣では、西門がやや手薄に思えます。其処《そこ》の守りには、わしを用いていただけませんか」

「いや、あれは敢えてあのようにしているのだ。承宗殿は北門で、満桂《まんけい》を助けていただきたい」

「備えの薄さを見過ごすほど、ヌルハチは甘くはありませぬぞ。強引に丘を越えて、西へ向かうことも考えられます」

「守らずとも良い。ヌルハチを引っ張り出せば、こちらの勝ちだ」

「城を守る戦ではないのですか？」

「違う。これは、ヌルハチの首を取る戦だ」

「この一戦で、あのヌルハチを討ち取ると？」

孫承宗《そんしょうそう》は目を見開いた。

冗談を言うな、と言わんばかりに、袁崇煥《えんすうかん》を見つめた。

「承宗殿、私を含め、貴方《あなた》たちもみな、ヌルハチを恐れすぎている」

「わしは百万の兵は恐れません。しかし、ヌルハチは恐れます」

「そうだ。サルフでの敗戦から続く、その恐れを、此処《ここ》で絶つ」

孫承宗《そんしょうそう》の顔は、段々と紅くなっていた。

袁崇煥《えんすうかん》は背を向けると、再び後金《こうきん》軍へ目をやった。

実は、己が最もヌルハチを恐れているのかもしれない。

女真《じょしん》族の統一、明との五十近い戦、全てに勝利してきた無敗の英雄を、一戦で討ち取る。

無謀、と誰もが言うであろう。

サルフの戦い以後、明の兵士たちの誰もが、恐怖を植え付けられていた。

ヌルハチを恐れるあまり、負けない戦をすればいいと、どこかで全軍が退《ひ》いた腰になっている。

しかし、それではいけない。明がこの国難を抜け出すには、必ず通らなければならない戦である、と袁崇煥《えんすうかん》は城に籠る前から考えていた。

後金《こうきん》軍を見回していたとき、その中央から、太鼓を持った部隊が出てきた。

「来るぞ！　承宗殿、銅鑼《どら》を！」

孫承宗《そんしょうそう》が手を上げた。城内に銅鑼の音が響き渡る。

同時に、後金《こうきん》軍の太鼓が鳴らされる。

やがて、地響きと共に八旗に率いられた軍勢が進みだした。

隊の中央には破城槌《はじょうつい》や、木製の塔に車輪を装備した攻城塔が置かれ、そしてそれを守るように騎馬隊が両脇を固めている。

城の外は土煙が舞い上がり、十万の後金《こうきん》軍が雪崩をうつように押しかけてくる。

袁崇煥《えんすうかん》は剣を抜くと、北門へ向かってくる後金《こうきん》軍へ目線を移した。

攻城兵器を伴っているとは思えないほどの、凄まじい速度である。

後金《こうきん》軍との距離が半ばまで差し掛かった頃、満桂《まんけい》と手筈通りに備えていた弩弓部隊《どきゅうぶたい》が、城壁の上に並んだ。そして銅鑼の合図と共に、一気に矢玉が後金《こうきん》軍へ向けて放たれた。

ただの弩《ど》弓部隊ではない。大砲などの大型火器を混ぜた、袁崇煥《えんすうかん》が実戦の中で調練を重ねた部隊である。

轟音と共に放たれた砲弾は後金《こうきん》軍の攻城兵器へ集中し、その周りを固めていた騎兵は矢を受けて次々に落ちていく。

すると、後金《こうきん》軍中央から少数の騎馬隊が出てきた。まるで細い糸のように繋がった騎馬隊は、さながら蛇のようにうねり進んでくる。

それまで一点に集中させていた明軍の矢玉が、一斉にばらけ始めた。

「あれは目くらましだ！　敵の車を狙い撃て！」

袁崇煥《えんすうかん》が叫んだ。しかし後金《こうきん》軍は、犠牲を出しながらも速度を増して迫ってくる。やがて、後金《こうきん》軍の迫る地響きのほかに、城壁を更なる振動が襲った。


東の方だ！

袁崇煥《えんすうかん》の額から汗が流れ落ちた。

下から兵士が一人やって来た。

「報告致します！　敵の槌が、東門近くの城壁へ飛び込みました！」

「破られたか！」

「いえ、孫承宗将軍《そんしょうそう》らが矢を射かけ、崩れる寸前で持ちこたえております！」

承宗殿、流石だ！

袁崇煥《えんすうかん》は己を奮い立たせるように、剣を力一杯握った。

「ようし！　祖太寿《そたいじゅ》に伝えよ。狼煙を上げ、城外の黒雲龍《こくうんりゅう》と連携して後金《こうきん》軍に当たれ。死を恐れるな、必ず打ち払え、と」

「承知しました」

使者は拱手《きょうしゅ》して駆け去って行った。

北面を攻めたのは、ヌルハチにとっては小手調べに過ぎない。

騎兵を囮《おとり》に攻城兵器を突撃させたのは、斥候《せっこう》のようなもので、本気の攻撃といえる第二波は、これから東面へ集中するに違いない。

しかし、これらは初めから想定していた。

無敗の将、ヌルハチを破るには、百手を用意して計を用いなければならない。

北からの速度が緩んできた。だが、尚も付け入る隙を与えてはいけない。

「騎兵に構うな。車に絞って狙い撃て！」

言い終えて間もなく、城内より狼煙が上がった。

袁崇煥《えんすうかん》が味方へ檄を飛ばしていた頃、黒雲龍《こくうんりゅう》は東門から一里離れたところにいた。

「狼煙が上がったぞ。進発！」

黒雲龍《こくうんりゅう》は槍を上げ、自ら先頭に立って東門へ駆けた。

袁崇煥《えんすうかん》から騎兵隊長に抜擢されたのは二年前、二十三の頃である。

父は駅卒上がりの軍人で、無口な男だったが、騎射の腕は一級品だった。

父親らしくない人物で、騎射の技術以外は何も教えてはくれなかった。

しかし誰よりも速く、退かず、敵の真ん中を駆けられるようになった。

「戦には決して退いてはいけない場面がある。お前の度胸を買いたい」

袁崇煥《えんすうかん》からそう言われ、四千の騎兵を預かった。

黒雲龍《こくうんりゅう》は騎射の腕よりも度胸に優れた者を選び抜き、やがて二千に搾り上げた。乗る者の恐怖は、乗られた馬にも伝播する。そうなれば、速度も、与える衝撃も、ガクンと落ちてしまうのだ。

そして敵を威圧する為に、部下たちの鎧は黒一色に染め、黒い馬で統一している。

黒雲龍《こくうんりゅう》の騎馬隊は、やがて東門へ殺到する後金《こうきん》軍の横面を捉えた。

「無駄に追うな！　駆け上がれ！」

黒雲龍《こくうんりゅう》は後金《こうきん》軍の横から突き行った。

意表を突かれた後金《こうきん》軍は四散した。だが暫《しばら》くすると、また大きな塊へと集まっていく。
後金《こうきん》軍の強みは、優れた統率と、その速さだ。
重い攻城兵器を伴いながら、ひと月に数百里を駆けたこともある。
黒雲龍《こくうんりゅう》の騎馬隊は反転すると、また違う敵軍へと突入した。
再び敵は四散する。しかし、これで良いのだ。
少しずつの攻撃でも、後金《こうきん》軍の速度は落ちる。
そして、動きの鈍った敵を、城壁からの砲撃で確実に仕留める。
そうしていると、四散していた敵の騎兵が再び大きな塊となった。
塊は、まるで鏃《やじり》のように黒雲龍《こくうんりゅう》の騎馬隊へ追いすがる。
敵が焦《じ》れて、黒雲龍《こくうんりゅう》へ狙いを向けたのだ。
だが、それでいい。
黒雲龍《こくうんりゅう》は再び反転した。
「退くな！　俺の背中を追って来い！」
黒雲龍《こくうんりゅう》はまたもや先頭を切って、敵の先頭目掛けて駆けた。
敵軍の先頭目掛けて槍を突き入れる。
そのとき、二つの塊が衝突した。
馬同士が激しくぶつかり合い、凄まじい衝撃が、肌を伝って全身を駆けめぐる。
黒雲龍《こくうんりゅう》は退かない。
「俺を追って来い！」
黒雲龍《こくうんりゅう》は馬上で叫ぶと、一騎、また一騎と敵を突き落とした。
やがてそれは裂傷となって、敵軍の一角が綻《ほころ》んでいく。
黒雲龍《こくうんりゅう》は其処へ突き進んだ。
背後を追う部下たちも、一本の黒い矢となって、それに付いていく。
そして、遂に敵の中を抜けた。
一瞬の激突で敵は潰走《かいそう》した。しかし、態勢を立て直した者たちは、もっと大きな塊へと合流していく。

黒雲龍《こくうんりゅう》は再び、敵の一部隊目掛けて突貫した。

敵は四散と集合を繰り返す。

東面を守る祖太寿《そたいじゅ》は城内の櫓から、その様子を見ていた。

黒雲龍《こくうんりゅう》の攻撃で動きの鈍った敵の車を狙い打つ。

それでも、東の城壁の一角には、一本太い槌が突き刺さっていた。孫承宗《そんしょうそう》の隊がいち早く駆けつけ、更なる攻撃を防いでいる。しかし、二本目、三本目が直撃すれば、いとも容易《たやす》く崩壊するのは明らかだった。

驚くべき第二波の強さ。これがヌルハチの軍である。

黒雲龍《こくうんりゅう》、孫承宗《そんしょうそう》、いずれも後金《こうきん》軍と戦い慣れている優れた将だが、攻撃を防ぐことに精一杯である。

速度が落ちたところを、城壁上の大砲と、城内からの投石器で仕留める。

手筈通りに進めているはずが、じりじりと追い詰められていく。

目の前で、城壁の兵士が射られ、城外へ落ちていくのが見えた。

既に敵弓隊の射程内に入ろうとしている。

ここが正念場だ。

祖太寿《そたいじゅ》は汗を拭った。

副官たる自分が怖気づいてはいけない。

東を守り切れねば、袁崇煥《えんすうかん》の策は破れるのだ。

やがて、櫓の下へ大柄な兵士たちが百名ほど集合した。

「祖太寿《そたいじゅ》将軍！　満桂《まんけい》将軍より、東を必ず死守せよ、とのことです！」

下の兵士たちはみな、抱えの大筒を持っている。

満桂《まんけい》が恐らく、西門の備えを全て東へ回したのだろう。

兵士たちが持つ抱えの大筒は、かつて豊臣秀吉の朝鮮出兵の折、捕虜にした日本兵が持っていたものである。剛力の兵士しか扱えないほどの重量で、かつ命中精度は悪いが、破壊力と射程は目を見張るものがある。日本兵は小銃と併用することで、明の騎兵を散々に打ち破っていた。

「みな、狙いは絞らずともよい。撃ちまくれ！　後《こう》金《きん》軍を近付けるな！」

兵士たちは拱手《きょうしゅ》すると、城壁の上へ駆け上がっていった。

今は、少しでも弾幕を厚くせねばならない。

祖太寿《そたいじゅ》は高櫓を下りた。

今こそ、兵たちを鼓舞する時だ。

祖太寿《そたいじゅ》もまた、兵士たちを追って城壁の上へ駆け上った。

城壁の上では、孫承宗《そんしょうそう》自ら矢を射っている。

城外では、黒雲龍《こくうんりゅう》率いる騎馬隊が激しく動いている。

北面の城壁の上に、袁崇煥《えんすうかん》と満桂《まんけい》らしき影が見える。

祖太寿《そたいじゅ》の全身に、熱い血がふつふつと沸いてきた。


「弩《ど》を寄こせ」

祖太寿《そたいじゅ》は兵士から弩《ど》を奪い取ると、城壁から遥か遠く、中軍で指揮を執っている後金《こうきん》軍の将へ向けた。

たとえ将を失っても、後金《こうきん》の勢いは変わるまいが。

「みな見よ！　俺があの将を射落とす！　天命は我らに在り！」

味方の兵士たちはみな、困惑したように見つめてくる。

あの距離では、矢が届くかどうかすら怪しい。

だが、今の俺ならやれる。

陽はやや真上に差し掛かっている。

北からの寒風は既に、兵士たちの熱風に変わっている。

風は止まない。

しかし、祖太寿《そたいじゅ》の目には、あの敵将と繋がる一筋の線が見えた。

風と風の隙間。

一瞬の間に見えた天命。

俺なら、やれる！

祖太寿《そたいじゅ》はやや上に向けて、引き金を引いた。

弩《ど》から一本の矢が放たれた。矢はまるで吸い込まれるように、その間を飛んだ。

矢はやがて、見えなくなった。

兵士たちが息をのむ。

祖太寿《そたいじゅ》が一呼吸した間《ま》、遥か遠くの敵将が、馬上から崩れるように落ちた。

味方の兵士たちが一斉に歓声を上げる。

祖太寿《そたいじゅ》は二呼吸目、頭の中で、戦いに勝利した自分たちの姿が浮かんだ。

この戦、勝てる。

祖太寿《そたいじゅ》は右腕を大きくあげると、吼《ほ》えた。

兵士たちもまた吼《ほ》える。

間もなく、後金《こうきん》軍の中で、銅鑼が鳴った。

東の敵が、水が引いたように、北へ集まって行く。

そして、後金《こうきん》軍全体が西へ向きを変えた。

まるで眠りから覚めた猛獣のように、地響きを立てながら西へ進んで行く。

後金《こうきん》軍の先頭が、丘を登り出した。

北門の城壁の上から、袁崇煥《えんすうかん》と満桂《まんけい》はその様子を見ていた。

「尾を踏まれ、眠れる虎が、動きましたな」

「奴らは漸《ようや》く、重い腰をあげた。勝負は今だ」

「手筈は整っております。いつでも撃てます」

袁崇煥《えんすうかん》は剣を高々と上げた。

城壁の上に、三十門の大砲が並べられた。

紅夷砲《こういほう》。十七世紀初期、明朝に導入されたポルトガル式大砲である。

強力な破壊力と長い射程距離、高い命中精度を誇る点で従来の火器よりも飛躍的に優れた性能を有している。

ポルトガル人技師約百名を招聘《しょうへい》し、三年をかけて砲手を育成してきた。

ヌルハチという怪物を打ち倒す、最後の切り札。

袁崇煥《えんすうかん》は目の前で動く巨大な生き物を、じっと見つめた。
サルフの戦いから七年余り、明の誰もがヌルハチを恐れた。
もしかすると、自分こそが最も恐れてきたのかもしれない。
その恐怖は、眠る暇も与えてはくれなかった。
しかし今、遂にそれを断ち切るときがきた。
「満桂《まんけい》、我々は何故、彼らと戦うのであろうか」
袁崇煥《えんすうかん》は、自分の口から自然と出た言葉の意味が理解できなかった。
満桂《まんけい》も、訝《いぶか》しんでいる。
己は国を護る為に、志願したのではなかったのか。
明王朝は今、魏忠賢《ぎちゅうけん》という姦賊《かんぞく》によって腐り果てている。
あと十年もすれば、大きな内乱がきっと起こるだろう。
漢族と漢族が殺し合い、女真《じょしん》はそれに付け込むだろう。
そのとき、自分が生きていれば、どうするだろうか。
戦いの果てに国に殉じるか、新たな世に生きるか。
もしくは、それすら見ずに死んだ方が良いのかもしれない。
ヌルハチを討った男として記されるのみが、実は良いのかもしれない。
袁崇煥《えんすうかん》は目の前の巨大な生き物をじっと見つめていた。
その生き物を形作るひとつひとつの中に、袁崇煥《えんすうかん》の眼は吸い込まれていった。
蒼い鎧を着た老人が、微《かす》かに見えた。
ギラギラと光る眼、尖った顎、白い髭。
ヌルハチが、いた。
俺は、ヌルハチを、とらえた。
その瞬間、袁崇煥《えんすうかん》の剣は振り下ろされた。
「ヌルハチを、撃て！」
耳を破り、地が崩れ落ちんばかりの衝撃。

三十門の紅夷砲《こういほう》が、一斉に火を噴いた。

撃ち出された砲弾が、次々に生き物の全身を食い破っていく。

やがて断末魔と共に、大きな生き物はひとつひとつの点へ還っていった。

大破した兵器が転がり、兵は逃げ惑う。

八つの旗は地に堕ち、霧散し、消えていく。

「ヌルハチを撃て！　討て！」

爆音の中、袁崇煥《えんすうかん》は絶叫した。

そして、眼の中央には、はっきりとヌルハチの姿が映っていた。

側近に付き添われながら、後方へ一目散に逃げている。

そのとき、ヌルハチが振り向いた。

その表情に、焦りはない。

むしろ、笑みまで浮かべている。

やがてヌルハチの眼はギラリと光り、その閃光は袁崇煥《えんすうかん》の眼を矢のように貫いた。


刹那、一発の砲弾がすぐ傍らへ落ちた。

その衝撃で、蒼い鎧を着た老人は、まるで人形のように宙を舞って、地に落ちた。

「ヌルハチを殺した！　俺はやった！　やったぞ！」

袁崇煥《えんすうかん》は天を見上げた。

気付いたとき、己は城壁の端、一歩で踏み外す位置にいた。

満桂《まんけい》が、必死の表情で掴み止めていた。

「袁崇煥《えんすうかん》将軍！　貴方《あなた》は生きねばなりません。生きて、国を救うのです！」

陽は、袁崇煥《えんすうかん》の眼の中へ入っていった。

天命。袁崇煥《えんすうかん》はその向こうに、標《しる》された光を感じ取ろうとしていた。


〜〜〜〜〜〜〜〜〜〜〜〜〜〜〜〜〜


ホンタイジ。世にそう呼ばれた者は何人もいる。

漢語では皇太子、皇太極と書かれ、皇太子や副王を意味する言葉であり、遊牧民の間で用いられた君主号である。

モンゴルにおいては、オイラート族ジュンガル部のホンタイジや、アルタン・ハンの長男ホンタイジがいる。

遊牧民には、儒教文化である長子相続の制度はない。最も実力のある者が先代の跡を継ぎ、部族を率いるのである。

女真《じょしん》族を一代で統一した大英雄、アイシンギョロ・ヌルハチの第八子、アイシンギョロ・ヘカンもまた、当時、後世においてもホンタイジと呼ばれている男だった。

ホンタイジは、ヌルハチのいるゲルの前に来ていた。

女真《じょしん》族にとって、久しぶりの大敗北だった。

寧遠《ねいえん》城の北面、西面からの攻略を諦め、西へ軍本体を動かしたときに、従来の大砲では決して届かない距離から撃たれた。

着弾と同時に凄まじい衝撃波が後金《こうきん》軍を襲った。

自慢の騎馬隊は次々と吹き飛ばされ、数年かけて建造した攻城兵器類は全滅した。

ヌルハチもまた重傷を負い、ほうほうの体で五里ほど後退した。

今は落ち延びてきた兵を再編し、明軍の来襲に備えている。

しかし、もはや軍とはいえぬ有様だった。

陣営を守る兵士たちの多くは四肢のどこかしらを失い、恐怖に怯え切った兵はうずくまったまま震えている。今、袁崇煥《えんすうかん》が全軍を率いて襲い掛かれば、呆気なく全滅するに違いなかった。

ホンタイジがゲルの中へ入ろうとしたとき、男が二人出てきた。

一人は漢民族の医者だった。腕が良いので、ヌルハチは昔から自らの侍医にしている。

「父上の容態は?」

「鉄の塊が脇腹へ食い込んでおりました。臓が傷つき骨は折れ、あと数日、お命があるかどうか」

「そうか、ご苦労だった」

医者は険しい表情をしながら去って行った。

父ヌルハチが死ぬ。

ホンタイジは、あまり実感がわかなかった。

父は、五体がバラバラになろうと、首だけで笑っていそうな男である。

鉄が刺さった如きでは死ぬまい。

ホンタイジに、もう一人の男が近づいた。

「やあ、ヘカン。お前が親父の心配をするなんて、珍しいな」

「誰だ、お前は」

声をかけてきた男を見て、ホンタイジは頭をひねった。

顔に見覚えはあるが、名を思い出せない。

ヌルハチを父と呼んでいるから、恐らく兄弟の誰かだろう。

「馬鹿ッ! お前の兄貴のマングルタイだ!」

「ああ、そんな兄弟もいたな」

忘れても仕方がなかった。

ヌルハチはとにかく、女と戦を愛した。正室が三人のほか、側室側女だけでも十人はいて、子はその倍近くいる。なお、己は側室モンゴジェジェの子だ。

しかし、ヌルハチは女を愛しても、子は滅多に可愛がらなかった。

恐らくはヌルハチ自らも、子らを判別できていない。

どれも凡庸な息子たちばかりで、見るのも嫌なのだろう。

「父上の傍には、誰かいるのか?」

「ドルゴンがいる。相変わらず大層な可愛がりようだ」

「そうか。一目だけでも会ってくるとしよう」

ホンタイジはカーテンをめくって、ゲルの中へ入った。

奥には虎皮の敷き布団の上に父ヌルハチ、その傍らには第十四子ドルゴンがいた。

ヌルハチは今年十五になる息子ドルゴンを大変可愛がった。

色白い肌に、切れ長の目、まるで女と見紛う容姿で、その上幼少より物覚えがよい。

ヌルハチは、顔色は悪くなかった。

皮膚にほんのり血が戻り、やや赤みがかっている。

やがてヌルハチはホンタイジに気づくと、暫《しばら》くじっとその顔を見つめた。

命が危うい人間とは思えないほど、その眼はギラギラと輝いている。

やはり死なないではないか。やぶ医者め。

ホンタイジは憎らしく感じつつも、ほっとしていた。

後継者は、ホンタイジと呼ばれている自分に間違いない。

しかし半壊した軍を、一方的に押し付けたまま死なれては困るのだ。

今回の戦いで、女真《じょしん》族の若者が多く死んだ。

まだ広大な土地、数百万の民が残っているとはいえ、指導者たる自分たちはどんな顔をして、兵士の家族に会えばよいのか。

再び明王朝と対する為には、一連の敗戦の始末をヌルハチ自身が付けねばならないのが道理だ。

今、死なれては困るのだ。

ヌルハチの壮健そうな様子を見て、ホンタイジは嘆息しつつも、胸を撫でおろした。

「お前は、いつの息子だ。アバタイか、それともバブタイか」

「父上。私の八番目の兄上、ヘカン様です」

「ヘカンか。そんな息子もいたな」

ヌルハチはさして興味もなさそうに髪をかくと、傍らのドルゴンへ顔を向けた。

「ドルゴン。父はヘカンと二人きりで話がしたい。外で待っていなさい」

「はい、父上」

ドルゴンは立ち上がると二人に一礼ずつして、ゲルを出て行った。

兄弟は粗暴で凡庸な者が多いが、ドルゴンは違う。無表情に見えて、その場の振る舞いを心得ているし、人をよく見ている。

父ヌルハチの寵愛を受けながらも、周囲へ傲慢にならない。

生まれた順が逆であったならば、ヌルハチは間違いなくドルゴンを後継者に指名したであろう。

ヌルハチはホンタイジへ、座れ、という手振りをした後、大きくため息をついた。

「ガツン、とやられたわい。誤算だったのは、わしとお前が死ななかったことだ」

「我らが死んでも、ドルゴンが跡を継ぐには、少し若すぎるかと」

「みな、お前をホンタイジ、などと呼ぶそうだな。残念だ、お前など生まれなければよかったのに」

「私をベイレへと引き上げたのは父上でしょう」

「お前が一番、できが良かったからだ。城を六つ落としたからといって、正八旗の旗手にもしてしまった。それが、良くなかった」

ベイレとは王のことである。この頃は合議制で政治を担った四人のベイレがおり、ホンタイジはその筆頭格であった。

正直、ホンタイジは、ドルゴンを除けば兄弟はみな愚か者と見ている。

そして、父ヌルハチを不幸とも思っていた。

子は多くいるが、どれも一軍すらまともに率いれず、特技は酒を飲み、肉を沢山食べることだけ。一代で女真《じょしん》族を統一した大英雄にとって、まともな後継者候補が少なかったのは、彼自身が起こした粛清のせいであるし、不幸でもあった。

反対に、ホンタイジ自身にとってそれは幸福なことであった。

ホンタイジは、知勇はどの兄弟よりも優れている上、身なりも立派であることを自負している。誰もが自分をホンタイジと呼び、ヌルハチの後継者として異論を唱える者はいない。

　無用な争いをせずに、代替わりを果たすことが最も望ましいのだ。

「みなはお前をホンタイジと呼んでいるが、わしは口をはさまない。その理由は分かるな？」

「私が優秀だからでしょう」

「愚か者めが。お前にはとっておきの長男、ホーゲがおるからだ。あれはやがて名将となるぞ」

「父上に名を覚えられて、ホーゲもきっと喜ぶでしょう」

　ホーゲは、ホンタイジとその妻ウラナラの間で生まれた第一子である。

　若いが虎のように勇壮で、自分に似て風貌も凛々しい。寧遠《ねいえん》城の戦いでは、騎馬隊を率いて果敢に北面を攻めた。幾つもの傷を負いながらも兵士らを鼓舞し、退くときには殿《しんがり》も務めた。

「それに比べて、お前の体たらくはなんだ。流れ矢如きで落馬しおって」

　痛いところを突かれた。

　ホンタイジは中軍で指揮を執っていたが、城壁から飛んできた不意の一矢を肩に受けて、馬から落ちていた。

　兵士たちに聞くところでは、射ったのは敵の副官らしい。

「そもそも、私は寧遠《ねいえん》城を攻めることに反対したでしょう」

　ヌルハチの顔が、どんどん紅くなっていく。

　ヌルハチは激高すると、髪が逆立ち、顔が酔ったように真っ赤になる。

「袁崇煥《えんすうかん》の天命が、その魂が、わしを呼んでいたのだ！」

　天命。また始まった。

　ホンタイジもまた、大きなため息をついた。

　ヌルハチは今でこそ軍の後方にいるが、もう少し身体が動けた頃は、常に軍の先頭に立っていた。たとえ無謀な戦であろうとも、兵を鼓舞し、神がかりの戦術で一度も負けることがなかった。

やがて六十を過ぎた頃、ヌルハチは天命、という言葉を使い出した。

ホンタイジはそれに幾度も諫言《かんげん》した。

天命などと危ういものを信じては、やがて決定的な敗北を味わうに違いない。

そしてそれは、現実のものとなってしまった。

無敗の将の、唯一の一敗。しかしその敗戦は、やがて長城を越えて、現在の明の首都、北京を落とし、中原を手に入れる女真《じょしん》族の計画を大きく狂わせてしまった。

父ヌルハチは、強すぎるゆえに負けたのだ。

「話は変わるが、お前に手伝って貰いたいことがある」

「はて、何でしょう。軍の再編は、私にお任せ頂ければ」

「遺書作りだ。今の妻《おんな》たちをどうするか考えなければならん」

関心があるのは女と戦だけ。ヌルハチは、どこまでもヌルハチであった。

本当に数日以内に死ぬのか？

ホンタイジは、この老人の壮健ぶりに、信じがたい気持ちでいた。

「父上は不死身でしょう。遺書など要らぬかと」

「俺はもう死ぬ。早く手伝え」

「弱気なことを仰いますな」

「俺は最期まで戦場にいた。これほど幸福な天命はあるまい」

ホンタイジは、ヌルハチの指先が微《かす》かに震えるのを見た。

「父上は、死ぬのですか」

「ヘカン、いやホンタイジよ。三日後の夜、空を見よ。俺の天命を、お前の行く道を、その目に刻み付けておけ」

そうして、三日経った。

妻たちへの遺書を書き終えたヌルハチは、その夜、深い眠りについた。

これからの女真《じょしん》族の行く末、自分の子らのこと、残された遺書には、何も記載されていなかった。

ヌルハチの傍らには、ドルゴンただ一人がいた。

ドルゴンは眉一つ動かさず、身体が冷めていくヌルハチを見つめていた。

ホンタイジはヌルハチに言われた通り、ゲルの外にいた。

吐く息は白いが、不思議と暖かく感じた。

ホンタイジは天を見上げた。

そのとき夜空に、巨大な星が一筋の矢となって地の果てへと流れていった。やがてその跡には、幾つもの新たな星が、ぽつりぽつりと瞬いた。

我の星は、何処《いずこ》。

ヌルハチや袁崇煥《えんすうかん》が感じ取った天命に導かれ、星たちはその姿を顕し始めていた。

第二話 暁《ぎょう》闇《あん》

天啓《てんけい》七年（西暦千六百二十七年）、十二月。

この年は各地で旱魃《かんばつ》が起きていた。

雨が降らず、地が乾き、田畑が荒れた。

困窮した農民は土地を捨てて流浪し、生きる道をそれぞれに模索した。

食い扶持《ぶち》を求めて都市に来る者。

豪農の小作となって奴隷のように働く者。

そして、武器を取って土地を奪い合う者。

そんな混迷した年の暮れ、明朝の第十六代皇帝、天啓《てんけい》帝が二十三歳で没した。

在位期間中、民の困窮、朝廷内の政争をよそに、宮中で木工遊びに熱中する日々を送っていた。政務は全て魏忠賢《ぎちゅうけん》を筆頭とする宦官内閣に任せきりで、その専横《せんおう》を助長した。

天啓《てんけい》帝の子らは夭逝《ようせい》していたため、弟の信王朱由検《しゅゆうけん》（崇禎帝《すうていてい》）が十六歳の若さで帝位を継いだ。

崇禎帝《すうていてい》が真っ先に行ったのは、腐敗を極めた宦官内閣の解体である。

私腹を肥やした宦官の多くは死罪、または追放となった。

魏忠賢《ぎちゅうけん》もまた、その一人だった。

鳳陽府《ほうようふ》（現在の安徽省《あんきしょう》）へ左遷される途上に、改めて逮捕の報が届き、阜城《ふじょう》（現在の河北省衡水市《こうすいし》に設置された県城）へ移された。

城内の政務所の片隅にある一室に、魏忠賢《ぎちゅうけん》はいた。

四方十尺の小部屋で、獄中とは違い椅子は二つあり、簡単な厠もある。

魏忠賢《ぎちゅうけん》はその椅子に座り、小窓からの日差しを受けていた。

どこか遠い目つきで、一日中外の風景を見ている。

誰もが魏忠賢《ぎちゅうけん》を気味悪がって、食事の当番以外は近寄らなかった。

魏忠賢《ぎちゅうけん》には、以前からささやかれている噂があった。

魏忠賢《ぎちゅうけん》の心身に、悪魔がとりついている。

ポルトガル人宣教師が宮中に招かれたとき、その宣教師は魏忠賢《ぎちゅうけん》を見るなり肌が青白くなって、デビル、と呟いて倒れ、翌日亡くなったという。

ある日の早朝、そんな魏忠賢《ぎちゅうけん》を訪ねる者がいた。

それは、十代の少年だった。

きりっとした目鼻立ちに、既に背は大人ほどもある。

武官の服を纏《まと》い、腰には短いながらも剣を差している。

どこかの武将の子息であるに違いない。


少年は部屋に入ると、一本の白帯を魏忠賢《ぎちゅうけん》の目の前へ差し出した。

「陛下からの賜りものである。謹んで、受け取られよ」

魏忠賢《ぎちゅうけん》はふっと笑うと、その白帯を手に取った。

「白帯、か。我ながら幸福な死を賜った」

「陛下の温情である。だがその後は、磔《はりつけ》、さらし首だ」

「どうせ死んだ後だ。好きにしろ」

魏忠賢《ぎちゅうけん》は吐き捨てるように言ったあと、少年の目を見て、可笑しそうに笑い出した。

少年はむっとした表情を浮かべた。

「何が可笑しい」

「小僧、お前は幾つになる」

「今年で十五だ」

「私は五十九になる。お前の祖父くらいの年齢だな」

「それのどこが可笑しい。お前と話し合うつもりはない」

「まあ、聞け。死人は嘘をつかん」

少年は訝《いぶか》しみながらも、もう一つの椅子に座った。

「小僧、父は誰だ？」

「父は遼東の武官の呉襄《ごじょう》だ」

「呉襄《ごじょう》か。あれはいい男だ。俺の見立てでは、袁崇《えんすう》煥《かん》が殺された後は、奴のみが後金を防げるだろう」

「袁崇煥《えんすうかん》将軍は殺されてもいないし、死んでもいない」

「まあ、聞け。高く飛ぶ鳥は撃たれるのが世の常だ」

「お前もそうであると？」

少年からの問いに、魏忠賢《ぎちゅうけん》は答えなかった。

「宮中は今、どうなっている。誰が来て、誰が死んだ」

「陛下自ら、差配《さはい》されておられる。お前が追放した徐光啓《じょこうけい》様が礼部尚書《れいぶしょうしょ》へ任じられる」

「あれは売国奴《ばいこくど》だ。銭謙益《せんけんえき》に任せると良い」

「銭謙益《せんけんえき》様もまた、お前が追放したんじゃないか」

「まあ、聞け。今の陛下は若いが、志がある。政治の才もある。しかし惜しむらくは、詩文の才がない」

「陛下を侮辱するのは許さんぞ！」


少年は立ち上がって剣を抜こうとした。魏忠賢《ぎちゅうけん》はさっと片手を上げると、座れ、と手先をふった。

「まあ、聞け。詩文の才あらば、人を信任し、よく用いることができる」

「お前は人を謀って殺し、遠ざけたじゃないか」

少年は怒りつつも、椅子に座った。

「東廠《とうしょう》はどうなっている？」

「お前にこびへつらっていた宦官らは死んだ。東廠《とうしょう》は曹《そう》化淳《かじゅん》、宮中は王承恩《おうしょうおん》が任に就いている」

「いい人事だ。あ奴らに任せておけば良い」

「お前の財産は全て没収だ。妻の客氏《かくし》や一族は皆殺しだ」

「それらはどうでもいい。因《ちな》みに、どれくらいあった？」

「黄金は三百万両、銀は一万両だ。まったく、とんでもない奸臣《かんしん》だな」

「そんなにあったか。大きな戦時なくば、あと十年はもつだろう」

魏忠賢《ぎちゅうけん》は手を叩いて笑い出した。反対に、少年は頬を紅くしている。

「小僧、怒っているのか」

「当たり前だ」

「なら良いことを教えてやろう」

魏忠賢《ぎちゅうけん》は襟元を正すと、急に改まった風になった。

「お前は将来、美しい女を娶《めと》るだろう」

「本当か！」

「そして国を二度裏切り、親を見殺し、子を見捨てるであろう」

「今度は私まで侮辱するのか！」

少年は椅子を蹴り上げて立ち上がった。

「まあ、聞け。お前は歴史に大きく名を刻む。皇帝にもなる。良い天命ではないか」

「黙れ！　お前の言葉を聞いた私が馬鹿だった！」

「まあ、聞け。お前は私と同様、死後千年は怨《うら》まれ続けるだろう。だが、気にすることはない。死んだ後など、何も残らないのだから」

「黙れ黙れ！　陛下の命なくば、私が斬り捨てるところだ！」

「小僧、名は何という」

「小僧ではない！　俺は呉襄《ごじょう》の息子、呉三桂《ごさんけい》だ！」

「呉三桂《ごさんけい》か、良い名だ。私は冥府《めいふ》より、お前をみているぞ」

呉三桂《ごさんけい》は真っ赤に怒りながら、音を鳴らして部屋を出て行った。

魏忠賢《ぎちゅうけん》は、また一人になった。そして小気味よく笑うと、手中の白帯を首に巻いた。

「人が憎み、争うことほど面白きことはない。冥府《めいふ》より、とくと眺めようぞ」

魏忠賢《ぎちゅうけん》は半時も経たないうちに、縊死《いし》した。専横の限りを尽くし、内部より明王朝を徹底的に痛めつけた男は、呆気なく死んだ。

呉三桂《ごさんけい》は遺体を確認すると、すぐさま昼夜兼行で北京まで駆けて、翌日に、宮中へ参内した。

でおろした。

魏忠賢《ぎちゅうけん》、死す。その一報に、官僚の多くは胸をなでおろした。

その生前、宮中にいた全ての者が魏忠賢《ぎちゅうけん》を恐れた。

魏忠賢《ぎちゅうけん》は死ぬまで文盲であったが、悪魔的な記憶能力の持ち主であった。

そのとき出会った者の顔と名前、表情や態度、立ち振る舞いに至るまで全てを記憶し、些細な眉の動きでも反抗的と見なされれば、酷吏《こくり》によって無惨に殺された。

いずこへ逃れても、魏忠賢《ぎちゅうけん》の掌の上であり、その中枢である宮中は、まるで魔物の体内であった。

同じ宦官である王承恩《おうしょうおん》もまた、魏忠賢《ぎちゅうけん》を恐れた。

しかし、幼い頃から柔和な顔立ちであった為、難を逃れていた。

常に柔らかな笑みを浮かべているように見えるようで、怒ったり悲しんだりしても、悟られることはなかった。

たとえ折檻を受けようとも自然と、そういう顔になってしまうのである。

自分でも決して性格が温厚とは思えないが、笑って見える顔なのだから仕方がない。おかげで、皇族たちには気に入られている。

それゆえに、現在の皇帝である崇禎帝《すうていてい》から、魏忠賢《ぎちゅうけん》亡き後の皇宮の差配を命じられたのは、一宦官の王承恩《おうしょうおん》にとって異例の抜擢だった。

王承恩《おうしょうおん》とは反対に、崇禎帝《すうていてい》は常に不機嫌そうな表情をしている。ゆえに緊張して萎縮した者は、傍の王承恩《おうしょうおん》に目配せして助けを求める。王承恩《おうしょうおん》は気遣った言い方をして、その場の雰囲気を柔らかくする。

自他ともに、良い組み合わせだと思っていた。

そして崇禎帝《すうていてい》もまた、それを意識してか王承恩《おうしょうおん》を深く信任していた。

崇禎帝《すうていてい》は魏忠賢《ぎちゅうけん》死亡の知らせを聞いたのちも、みなが喜ぶ中、相変わらず不機嫌そうな表情をしていた。やがて個室に戻ってから、王承恩《おうしょうおん》を呼んだ。

「私にはまだ、魏忠賢《ぎちゅうけん》が死んだとは思えない」

「ご安心を、陛下。呉三桂《ごさんけい》のみならず、東廠《とうしょう》の者たちもその死を確認したそうです」

「違う。私の心中の魏忠賢《ぎちゅうけん》は、まだ死んでいない。未だにこの宮中に居るような、そんな気がしてならない」

やむを得ないことだ、と王承恩《おうしょうおん》は思った。多疑《たぎ》。この方は、心の底から人間を信用することができない。

幼少の頃より、官僚の党派抗争や、魏忠賢《ぎちゅうけん》らの専横を目の当たりにした結果、臣下を信用できなくなったのかもしれない。

裏切り謀られる恐怖心が、常に心のどこかにあるのであろう。

明王朝は、皇帝の意志が力のある宰相や宦官に制約され、実権をめぐって抗争が多くあった。

しかし、かつて農民反乱軍から頭角を現し、明の創始者となった太祖・朱元璋《しゅげんしょう》は、皇帝へ権力を集中させる官制改革を行った。地方の軍政や民政を担っていた行中書省《こうちゅうしょしょう》を廃止し、地方官のもつ権限を分け、六つある行政官庁を全て皇帝直属とした。そして、官僚の汚職や不備に対しては酷刑が用いられ、その一挙一動に官員たちは震えあがった。まさしく皇帝独裁の時代である。だが、やがて遊興にふける皇帝が出てくると、側近の地位を利用して実権を握る者たちが現れた。魏忠賢《ぎちゅうけん》や、それに先んじる劉瑾《りゅうきん》は宦官において初となる帝位の簒奪《さんだつ》を企てた。

「魏忠賢《ぎちゅうけん》は余りにも悪魔的な男でした。そう感じているのは、決して陛下だけではございませぬ」

「お前も、そうか?」

「はい。かの男は、同じ宦官だからといって、容赦しませんでしたので」

元は一宦官だった魏忠賢《ぎちゅうけん》が、どうして専横の限りを尽くせたのか。

それは、同じ宦官を殺すところから始まった。

当時の宦官内閣の首座である王安《おうあん》に接近し、その引き立てで皇子（のちの天啓帝《てんけいてい》）の食事係となり、皇子の乳母であった女性、客氏と愛人関係となる。その為に、魏忠賢《ぎちゅうけん》は同じく客氏と愛人関係にあった宦官を殺した。

やがて己を引き立てた王安《おうあん》を始め、邪魔者となる者らを殺し、魏忠賢《ぎちゅうけん》は宮中の実力者となったのだった。

「魏忠賢《ぎちゅうけん》の世は、同じ宦官であった私にとっても、恐ろしいものでした」

「お前は魏忠賢《ぎちゅうけん》へこびへつらっていなかったな」

「はい。彼の目を見ると、恐怖で背筋が冷たくなります。とてもとても、側には寄れませんでした」

「私は、お前のそういう正直なところが気に入っている。お前は、第二の魏忠賢《ぎちゅうけん》とはなり得ない。ゆえに、宮中の大事を任せている」

「畏れ入ります。非才の身ですが、陛下のご恩に報います」

王承恩《おうしょうおん》が深々と拱手《きょうしゅ》すると、崇禎帝《すうていてい》の口元が僅かに緩んだ。

これが、私の仕事だ。

王承恩《おうしょうおん》は、崇禎帝《すうていてい》にこびへつらって気に入られようとは思っていなかった。ただ、短所とも思えていた自分の顔が、こうして崇禎帝《すうていてい》らの役に立つのが嬉しいのである。

「ところでお前は、銭謙益《せんけんえき》をどう思う」

「聡明な方かと思います。召し出すのですか？」

「優れた人材が一人でも多く必要だ」

「銭謙益《せんけんえき》様が復帰すれば、東林党《とうりんとう》が再び息を吹き返すでしょう」

「それだ。私は、それを案じているのだ」

東林党《とうりんとう》とは、第十四代皇帝・万暦帝《ばんれきてい》の頃に、顧憲《こけん》成《せい》という儒学者が中心となって興した江南の政治集団、学派である。

顧憲成はまず朱子学を講じて、陽明学の思想構造を批判した。のちにこの講学に参集した官僚たちが、宦官内閣と激しく対立し、いつしか大きな反宦官集団となっていった。

明後期は、地方の官僚経験者や科挙合格者の力が大きい時代である。

彼らの多くは郷紳《きょうしん》と呼ばれ、広大な土地や労働者を管理し、地方政府と同等以上の威勢をもった。これらの中には権力をかさに民を苦しめる者もいたが、地方政府と協力して飢餓救済を行う者もいた。

東林党《とうりんとう》は江南を中心に民衆らの支持も受けて勢力を拡大したが、やがて天啓帝《てんけいてい》の頃に魏忠賢《ぎちゅうけん》らによって弾圧を受けた。その多くが死罪、または流罪となる中、銭謙益《せんけんえき》もまた失脚した男らの一人だった。

銭謙益《せんけんえき》は高い政治的資質をもつほか、優れた文人でもあり、東林党《とうりんとう》内部の文学サロンで多くの支持を集めていたが、やがて魏忠賢《ぎちゅうけん》に露見して追放されていた。

「徐光啓様《じょこうけい》には相談なされたのですか？　あの方は、東林党《とうりんとう》の者ではありませんので」

「無論したぞ。だが奴は、銭謙益《せんけんえき》を召し出すことに賛成した」

「徐光啓様《じょこうけい》が賛成したのであれば、躊躇《ためら》う必要はございません」

「宦官であるお前の意見が聞きたいのだ。東林党《とうりんとう》は宦官を憎みきっておる。奴らが参画すれば、お前の命も危ういかもしれんぞ」

「一向に構いませぬ。全て、陛下のご意思のままに」

崇禎帝《すうていてい》はうなずくと、王承恩《おうしょうおん》の手をとった。その顔は、穏やかだった。

「お前は忠義の男だな。私が死ぬときまで、お前は側に仕えよ」

陛下が笑った。

王承恩《おうしょうおん》はいつの間にか、床に膝を付いていた。いつまでもお側に。

声は出なかったが、崇禎帝《すうていてい》は目を見て深くうなずいた。

翌年一月、銭謙益《せんけんえき》を始めとする東林党《とうりんとう》の多くが明王朝へ入った。

徐光啓《じょこうけい》、銭謙益《せんけんえき》らを中核として、書家の范景文《はんけいぶん》、能書家の倪元璐《げいげんろ》、大学士の周延儒《しゅうていじゅ》や温体仁《おんたいじん》らが崇禎《すうてい》帝《てい》のブレーンとなった。こうして、長きにわたる宦官の専横によって大きく傾いた明王朝へ、新たな息が吹き込まれた。

崇禎元年と年号が改められたこの年、北からはホンタイジ率いる後金が進入し、南では農民の反乱が多発する。まさしく内憂外患を抱えたまま、明王朝という老いた巨龍は、再びその身を起こした。

〜〜〜〜〜〜〜〜〜〜〜〜〜〜〜〜〜

明王朝中期以降､国内の銀採掘量は減少していた。その一方で、海外から銀が大量に流れ込み、大陸沿岸では交易が活発に行われた。海賊行為を行う独立した武装組織が、その利益をめぐって日夜争っていたのである。

その中で、明王朝は後金やモンゴルに対する防衛費用として、税銀を重く徴収し、大陸内地や税の重い地域では深刻な銀不足となっていた。特に重い江南地方では、銀を得る為に副業として絹などの手工業が盛んとなった。農民たちは生産したもので海外からの銀を購入し、明への税銀を工面した。

つまりは、大陸全土が外から入ってくる銀に依存する経済、生活状況となっていたのである。当初、明は交易の利益をほしいままにする沿岸の海賊たちへ軍事介入したが、時代が進むごとに、かえって軍事費が膨らむ悪循環となっていった。ゆえに、一部の海賊を懐柔する方策をとった。

特に、後金と李氏朝鮮国との境付近にある椵島《かとう》を根城とする毛文龍《もうぶんりゅう》や、大陸沿岸や台湾の一部を拠点としている鄭芝龍《ていしりゅう》などは、明へ利益の一部を貢ぎ、自らはまるで王侯のような生活を送っていた。

崇禎元年（西暦千六百二十八年）、二月。

毛文龍《もうぶんりゅう》と鄭芝龍《ていしりゅう》は椵島《かとう》で会談を行った。

両者とも、昨年の大規模飢饉と農民反乱に乗じて内地へ手を伸ばしたところ、末端の者同士で利益衝突が生じてしまったからだった。

毛文龍《もうぶんりゅう》、五十二歳。鄭芝龍《ていしりゅう》、二十四歳。親子ほど年齢の差がある両者だが、その仲は良好だった。衰えたとはいえ、明王朝は未だに巨大である。それに対する上で必要なパートナーであり、性格的にも通じるところがあった。

非合理を徹底的に嫌い、利益を常に追い求める。内地における手打ちとその後の協議は早々と終わらせて、今は二人とも上座に肩を並べて座り、親子のように酒を酌み交わしている。

毛文龍《もうぶんりゅう》は、元は明の軍人だった。かつてヌルハチと戦い、敗れて朝鮮半島へ亡命した。その後、明軍の加勢をするという名分で、椵島《かとう》を本拠地に交易を行っている。表面は後金と争って負けることを繰り返しているが、裏ではホンタイジと繋がりを持ち、物品のやりとりを交わしていた。

昨年、ホンタイジが朝鮮半島へ攻め入った際も毛文龍《もうぶんりゅう》はわざと敗れ、逆に後金軍の補給を手伝った。それを袁崇煥《えんすうかん》が糾弾したものの、先手を打って明の官僚へ賄賂を贈り、事実を揉み消した。朝鮮が後金へ降伏したのちも、椵島《かとう》一帯は毛文龍《もうぶんりゅう》の独立国となっている。

「鄭殿、お越しくださって助かりましたぞ。今はあの袁崇煥《えんすうかん》に睨まれて、思うように動けませんので」

「いえ、私も一年に一度は、毛殿と酒を酌み交わしたかった」

鄭芝龍《ていしりゅう》は十八歳のとき倭寇の頭目であった父が亡くなり、マカオへ留学して最先端の経済学を学んだ。帰国してのち、父の船団やその近辺の海賊をまとめ上げて、現在は千隻以上の船をもつ大海賊の頭目となった。日本の肥前国平戸島や、台湾南部にも拠点をもち、オランダとも貿易を行って、巨万の富を築いている。

明王朝に対しては服属の姿勢をとっているが、鄭芝龍《ていしりゅう》に愛国心は微塵もなかった。仮に明が滅びれば、新たな支配者につくのが道理と考えている。

「しかし五日前、袁崇煥《えんすうかん》がわしを宴席に招きたいと言ってきましてな」

「それは、謀《はかりごと》かもしれませんぞ」

「わしも最初そう思ったのですが、果たして袁崇煥《えんすうかん》が騙し討ちのような真似をするかどうか」

「銀を贈って反応を見ては如何ですか？」

「ほう、いかほど」

「一年。素直に受け取ればよし、そうでなくば、何か謀っておりましょう」

「なるほど。いやはや、鄭殿の慧眼には感服致す」

「毛殿には、長生きしてもらわねば」

「たとえ死んでも、わしには頼れる三人の息子がおります」

毛文龍《もうぶんりゅう》の下座には、三人の若者が並んでいた。

上から尚可喜《しょうかき》、耿仲明《こうちゅうめい》、孔有徳《こうゆうとく》といい、三人とも同年同月に生まれたゆえに義兄弟の契りを結んでいた。毛文龍《もうぶんりゅう》は、この才覚ある若き三兄弟を大いに気に入り、実の息子以上に慈しんでいる。

反対に、鄭芝龍《ていしりゅう》の下座には齢三十頃の禿げた頭の男が一人静かに座っていた。

顔の半分には刑罰と思わしき刺青が彫ってあり、その眼の瞳孔は丸く鋭く、さながら虎のようである。脚の横には長さ四尺五寸ほどの日本刀が置かれ、中背ながらも並外れた剛力の持ち主であることが分かる。

毛文龍《もうぶんりゅう》はこの異相の男が気になっていた。男は鄭芝龍《ていしりゅう》に付き添ってやって来たときから、常にその傍を離れずにいる。

「毛殿のご子息はいずれも猛者揃い。羨ましい限りです」

「鄭殿にも、息子がおられると聞いたが」

「名を福松《ふくまつ》といい、今年で四歳になります。しかし、日本の肥前国平戸島より、未だ出られずにいます」

「なんと。日本でお生まれになったのか」

「妻は田川七左衛門《たがわしちざえもん》という侍の娘で、田川マツと申します。丈夫な身体をもち、よい女子《おなご》です」

田川七左衛門《たがわしちざえもん》は堺出身の武士で、十年前に海運業を試みて平戸へ移住している。娘のマツは十代ながら豊満な肉体をもち、平戸へ寄った鄭芝龍《ていしりゅう》と出会い、その日のうちに愛し合った。あいだに二人の息子を授かったが、七左衛門《しちざえもん》の意向で、平戸に留め置かれて養育されている。

「わしも刃を交えたことがあるが、日本の侍は強い。立派に成長されるでしょう」

「そうであれば良いのですが」

「しかし、鄭殿にも頼もしい豪傑がおられるではないですか」

毛文龍《もうぶんりゅう》は鄭芝龍《ていしりゅう》の下座にいる刺青の男に手を向けた。

男はぎょろっと目玉を向けると、毛文龍《もうぶんりゅう》へ軽く一礼した。

「ああ、李巌《りがん》ですか。この男は、私の軍師です」

「軍師？」

毛文龍《もうぶんりゅう》は思わず噴き出しそうになった。

かつて黥面《げいめん》の軍師がいただろうか。

よく顔を見ると、目の下や口の横などに切り傷の跡がある。

相当の修羅場をくぐってきた豪傑にこそ見えるが、とても読み書きのできる風には思えない。

「毛殿が驚かれるのも無理はない。この男、こう見えて四書五経を暗唱し、古今の兵学にも通じた傑物《けつぶつ》にござります」

「しかし、なぜ刺青《いれずみ》を？」

「皇帝になったからです」

鄭芝龍《ていしりゅう》の言葉に、毛文龍《もうぶんりゅう》は噴き出してしまった。

尚可喜《しょうかき》らも笑うのを必死に堪えている。

かつて黥面《げいめん》の皇帝がいただろうか。

そんなことを考える者など、よほどの馬鹿か、能天気な夢想家だ。

「冗談はよしてくだされ。明も後金もまだあるではないですか」

「この男は以前、日頃より黄袍を纏い、あばら家を宮廷と称し、泰山にも登って一人で封禅の儀を執り行いました。惑うことなき皇帝ではないですか」

「ゆえに捕まって、刺青を彫られた、と」

「左様でございます」

毛文龍《もうぶんりゅう》は段々と頭が痛くなってきた。

この男は本当の馬鹿なのかもしれない。

しかし、鄭芝龍《ていしりゅう》ほどの男が軍師としている者だ。実は底知れない奇才なのかもしれない。

「では、皇帝であった李巌《りがん》殿に幾つか問うてもよろしいですか？」

「もちろんです。李巌《りがん》、此方《こちら》へ」

李巌《りがん》は無言のまま二人の前に進み出た。

間近で見ると身の丈は高すぎも低すぎもしない。しかし、肩幅の広さと身体の厚みで、より大きく見える。

「なぜ、皇帝になられた」

「魏忠賢《ぎちゅうけん》の専横により、私に天啓《てんけい》が閃《ひらめ》いたのです」

「明を滅ぼそうとは思われなかったのか？」

「あれは異なる天下。私は新たな天下を創ろうとした」

「天下を創るとは？」

「私の目指すところは、天命に定められた新たな秩序を創り出すこと」

「それで、おぬしが皇帝になったと」

「誰でも良いのです。しかし、なるべき者が他にいなかった」

「わしは、おぬしの言う天啓《てんけい》が分からん。古来より、力ありし者が天帝の意志を受け、国を拓《ひら》いてきた。それを、誰でも良いとは？」

「私が天より示された真理は、革命」

「革命。それは、明への反乱ではないのか」

「叛《はん》の意志ではない。全ての民が何者にも脅かされぬ国を創る。それが、私の革命なのだ」

毛文龍《もうぶんりゅう》はすうっと息を吐いた。そして眉をしかめながら下座の三兄弟を見た。

先に、尚可喜《しょうかき》が立ち上がった。

「李巌《りがん》殿に問い申す。民の上に立つ者は、どのような者が望ましいのか」

「常に民の先頭をゆく者。無論、貴族でも官僚でも軍人でなくとも良い」

「最も力のある者でなくとも良いのか？」

「力とは何か。権力か？　それとも財産か？　そのようなものが無くとも、道は作れる」

「たとえ道を作っても、民は付いてこようか」

「民は自ずと道を求めて歩み続ける」

尚可喜《しょうかき》が座り、次に耿仲明《こうちゅうめい》が立った。

「李巌《りがん》殿に問い申す。明への叛意はないと仰ったが、明国内に新たな国を創るとは、即ち反乱ではないのか？」

「必ずしも、明の中だけではない。そう例えば、台湾に創る」

「貴方《あなた》に従う民を率いて台湾へゆく、それが革命なのか？」

「たとえ一人二人、百人、千人、民が集まって列を為せば、それ即ち国となるのだ」

耿仲明《こうちゅうめい》が座り、最後に孔有徳《こうゆうとく》が立った。

「李巌《りがん》殿に問い申す。古、言をこれ出ださざるは、身の及ばざるを恥じてなり（昔の人は軽々しく発言をしなかった。それは、実行を伴わないことを恥としたからだ）、と言う。李巌《りがん》殿の革命とやらは、既に机上の空論であることが明らかとなっている。できないことを仰るべきではない」

「孔有徳《こうゆうとく》殿は大聖（孔子）の子孫であったな。私はこれから内地へ行く。民の先頭となるべき者を見つけ出すつもりだ」

「そう都合よくは現れまい。今度は、刺青では済みませぬぞ」

「徳、孤ならず、必ず隣あり（徳はけっして孤立しない。必ず理解者が現れる）、とも言う。天の意志に逆らうことなくゆけば、必ず道は開ける」

孔有徳《こうゆうとく》は不満げな表情を浮かべながら座った。

毛文龍《もうぶんりゅう》は三人がもう立つそぶりがないと悟ると、

改めて李巌《りがん》に向き直った。

「李巌《りがん》殿、そろそろ現実的な話をしようではないか。これから行くあてはあるのか?」

「私の見るところでは、延安府《えんあんふ》」

「あの一帯で反乱軍を率いているのは、王嘉胤《おうかいん》であったな」

「はい。つきましては、毛文龍《もうぶんりゅう》様にも是非ご助勢いただきたく」

昨年、延安府《えんあんふ》一帯を大規模な干ばつが襲った。穀物の価格は急騰し、既に長年に渡って明の苛烈な税の取り立てに苦しめられていた民衆は窮地に陥った。そのような状況下、農民の一人であった王嘉胤《おうかいん》は仲間と共に富家の食糧を奪って、官憲に追われる身となり、それを機に、飢えた民衆を糾合《きゅうごう》して朝廷に対する反乱を開始した。食糧遅配によって造反した兵士や群盗をも加えて勢力を拡大し、陝西《せんせい》や山西の各地を転戦していた。

「毛殿、李巌《りがん》には既に私の印を押した手形を渡しました。王嘉胤《おうかいん》の反乱が上手くゆけば、見返りも保証されますので」

鄭芝龍《ていしりゅう》の言葉に、毛文龍《もうぶんりゅう》はうなずいた。

既に明王朝の命脈は尽きている。いつ中華の支配者が入れ替わっても不思議ではない。

鄭芝龍《ていしりゅう》と同じように、李巌《りがん》を通じて繋がりをもつのも悪くはない。

万が一、反乱が失敗しても、紙切れ一枚どうにでもなる。

「よろしい。わしの手形も差し上げよう。ただし、知勇兼備の李巌《りがん》殿に頼みがある」

「私にできることであれば、なんなりと」

「鬼じゃ」

「鬼?」

「鬼退治じゃ。この館を出て東へ行くと崖がある。そこの洞窟に一匹の鬼が住んでおる」

「洞窟に住む鬼、ですか」

「数日前に流れ着いたようだが、言葉も発さず、剣を持っていて狂暴だ。人を出して討ち取ってもよいが、そんなことで配下に犠牲は出したくない」

「お任せください。私が何とか致しましょう」

李巌《りがん》はすぐさま四尺五寸の日本刀を持って立つと、毛文龍《もうぶんりゅう》の館を出た。

陽はまだ高い。東の崖は、自分たちが乗ってきた船からそう遠くない。

鬼の腕前にもよるが、早ければ日暮れまでには片がつくだろう。

容易《たやす》いものだ。

李巌《りがん》は東へ向けて駆けた。

暫《しばら》く行くと、潮の香りが強くなり、波しぶきの音も聞こえてきた。

遠くに目をやると、海水によって削り取られた岩盤からなる、尖った形状の崖があった。

その付近には、波にくり貫かれた穴が三つから四つほどある。

毛文龍《もうぶんりゅう》によれば、あのどこかに、鬼が潜んでいる。

李巌《りがん》は目を凝らしながら、その穴を一つずつ確認していった。

やがて一番大きな穴に近づくと、中からごそごそと物音が聞こえた。

「鬼よ、出てこい。お前の首を所望する者がおるのだ」

李巌《りがん》がそう言うと、音が止んだ。

穴の中から僅かに気を感じる。

李巌《りがん》は刀を抜くと、中段に構えた。

穴の奥に二つ、黄金色に光るものがある。

李巌《りがん》は目を怒らせながら、一歩近くに寄った。刀を振りかぶる。

二つの光が急に近くなった。そう感じた瞬間、穴から黒い影が飛び出した。

影は素早い動きで距離を詰めると、李巌《りがん》へ向けて襲いかかった。

李巌《りがん》は空中の影に向かって、刀を斜め下へ振り下ろした。

四尺五寸の刃は李巌《りがん》の剛力と相まって、敵を鎧ごと両断する威力がある。

凄まじい速度で振り下ろされた刃が、宙《そら》の影とぶつかった。

手に伝わる重い衝撃と共に、辺りに金属音が響いた。

影は刃を受けて、空中を回転して地に落ちた。しかし、即座に立ち上がると、腰を低くし、威嚇をするように間をとった。

李巌《りがん》は目を見開いてその影を凝視した。

朱色の髪、黄金色の眼、黒い顔、獣の牙、鷹のような爪。手には折れた刃物を持っている。

たしかに鬼だ。李巌《りがん》は鄭芝龍《ていしりゅう》のもとで、様々な異国の人々を見てきたが、いずれにも合致しない。

李巌《りがん》の足元には、鬼の持っている剣の破片が落ちている。

剣が折れると同時に飛びのいて李巌《りがん》の一撃を躱《かわ》したのだろう。

恐るべき身のこなしだ。

李巌《りがん》は再び刀を振りかぶりながら、じりじりと鬼に迫った。

そのとき、鬼の顔がぽろりと下へ落ちた。そして、人の顔が露わになった。

顔は目鼻立ちが大変に整った、まるで天女の如き美しさだった。

その容貌に、李巌《りがん》は思わず息をのんだ。

「お前、女か！」

「あッ！」

鬼は顔を手で覆うと、その場に蹲《うずくま》った。

「鬼ではなく、人か」

一瞬見えた顔は、人間そのものだった。

それも、とびきり美しい。

李巌《りがん》は刀を鞘に収めると、ゆっくり女へ歩み寄った。

「いずこから来た。仔細《しさい》申してみよ」

女は顔を覆ったまま、うんともすんとも言わない。

李巌《りがん》は仕方がなく、別の言語で聞いた。

日本語、オランダ語、ポルトガル語。

様々な言語で問いかけたが、女は返事をしない。

「なぜ、顔を手で覆っている。そのような美しい顔をしているのに」

その言葉に女は初めて、李巌《りがん》に顔を向けた。

やはり美しい。

顔のつくりは中華の女に近い。しかしやや、南方人の血が濃いのかもしれない。

「私は、美しくありません」

「お前、話せるのか」

女の話した言語は聞いたことのないものだった。

だが半ば通じたので、李巌《りがん》はほっと胸をなでおろした。

「お前、島の者たちから鬼だと思われておるぞ」

「私には島の人たちが鬼に見えます。とても、醜い」

「それは、お前があまりにも美しいからそう見えるだけだ」

「いいえ、私は醜い。世界で一番、私は醜い」

「変わったことを言う。いずこの国より、流されてきたのだ」

「大羅刹国《らせつこく》」

羅刹国《らせつこく》。古くより越南《ベトナム》や赤土国《タイ》と交易をしているとされる国だ。隋の時代には常駿という男がたどり着いたらしいが、その話は支離滅裂の内容で、李巌《りがん》自身も空想上の国だと思っていた。

李巌《りがん》はなるべく簡潔な言葉で、羅刹国《らせつこく》について問うた。

女が李巌《りがん》に話したのは、次のようなものだった。

明より東方二万六千里の彼方に、羅刹国《らせつこく》はある。

その国で重視されているのは、学問ではなく容貌である。最も美しい者が朝廷の大臣となり、次が地方の役人、まあまあの者でも大臣らの情けにすがって妻子を養うことができる。しかし醜いとされた者は、生まれ落ちたときに不吉であると親に捨てられ、捨てられずに済んだ者も、子作りの為に残される。

女自身もまた、そのうちの一人であった。

女の生まれた地より北へ三十里進むと、羅刹国《らせっこく》の都がある。

城壁は全て黒曜石で積まれ、楼閣は高さ百尺もある。それに使われている瓦は丹砂という不老不死の薬の原料で作られている。

国で最も美しい相国は、目が四つあり、鼻の穴が三つ、口は割けて二つある者である。以下、大夫たちもみな美しいとされる順で位が付けられている。

女はもともと襤褸《ぼろ》を纏った貧民であったが、生来の身のこなしと剣の腕を買われ、ある下級大夫の娘を警護する役目に就いていた。しかしそのままの顔では娘が怖がるので、食事をとるとき以外は常に仮面を付けることを強要された。

そしてあるとき、大夫家族が海へ舟遊びに出かけた。女も警護のためそれに付き従った。ところが急な時化《しけ》が船を襲い、乗っていた者は全て海へ投げ出された。女は何昼夜か海上を漂い続け、漸《よう》くこの島へたどり着いたという。

李巌《りがん》は狐に騙されているような思いでこの話を聞いていたが、所々質問をすると詳しい返答があるので、やがて本当の話であることを確信した。

そしていつの間にか、話をする女の横顔に見とれていた。

特に憂いを帯びた表情は美しく、いにしえの美女も敵わないだろう、とも思った。

女は李巌《りがん》の目線に気づくと、隠すように顔を背けた。

「あまり見ないでください。貴方《あなた》の目が腐ります」

「少なくとも、お前はこの国で一番美しい女だろう」

「冗談を言わないで。貴方《あなた》の美しさこそ、私の国では上級大夫になれるわ」

李巌《りがん》は複雑な気持ちで女の言葉を受け取った。これまで、他の女にその容姿を恐れられても、美しい、と言われることはなかった。

もし鄭芝龍《ていしりゅう》らに言えば、大笑いされるに違いない。

「俺は李巌《りがん》という。お前の名は何という」

「私のような下賤の者に、名前などありません」

「では、周囲から何と呼ばれていた」

「キ、と呼ばれておりました」

「キ、か」

李巌《りがん》は暫《しばら》く考えたのち、やがて口を開いた。

「お前の名前は馬驥《ばき》、字は竜媒《りゅうばい》だ。これから人前では、馬竜媒《ばりゅうばい》と名乗れ」

「名前など恐れ多いです」

「それだけではない。これからは、俺に仕えよ」

「貴方《あなた》様のような美しい方に仕えられるなんて、もっと恐れ多いです」

「では、俺の妻になってくれ」

突然の言葉に、馬竜媒《ばりゅうばい》は暫《しばら》くの間、信じられない、という表情を浮かべた。

しかし、李巌《りがん》の真剣な眼差しに、やがてぽろり、と目から雫が落ちた。

行こう、と李巌《りがん》が立つと、馬竜媒《ばりゅうばい》はそっとその袖を掴んだ。

「せめて、面だけは付けさせてください」

「その方がいい」

馬竜媒《ばりゅうばい》の美しさを知った者に奪われたくなかった。

「死ぬときまで、俺の元にいてくれ」

馬竜媒《ばりゅうばい》はこくん、とうなずくと、鬼の面を再びかぶった。

夕刻、鬼を連れて帰って来た李巌《りがん》に、毛文龍《もうぶんりゅう》たちは腰を抜かさんばかりに驚いた。しかしやがて李巌《りがん》が鬼を妻としたことを知ると、みな揃って笑い出した。

「いや案外、似合いかもしれんぞ」

毛文龍《もうぶんりゅう》は冗談のつもりで言ったが、馬竜媒《ばりゅうばい》は面の向こうで嬉しそうに微笑んだ。

翌日、李巌《りがん》らを乗せた鄭芝龍《ていしりゅう》の船は、椵島《かとう》を出港した。

そして、その日のうちに天津の港へ寄った。

船から降りた李巌《りがん》と馬竜媒《ばりゅうばい》を見て、人々はさっと道をあけ、西洋人も好奇の目で二人を見た。

鄭芝龍《ていしりゅう》から路銀を受け取った李巌《りがん》は、無言のまま馬竜媒《ばりゅうばい》と共に天津の町へ入って行った。誰もが奇異の眼差しを向けていたが、李巌《りがん》は気にすることなく、内に志を燃やしていた。

〜〜〜〜〜〜〜〜〜〜〜〜〜〜〜〜〜〜

科挙とは、隋代から行われた高級官吏任用制度である。

科挙制度ができる前、高官は貴族に独占されていた。ゆえに、隋の文帝のときに学科試験による官吏任用制度が初めて実施され、唐代に制度が整った。

主に、時事を論ずる秀才科、詩賦《しふ》を主とする進士《しんし》科《か》、経学を主とする明経科《めいけいか》が高級官吏の登竜門とされた。またのちに殿試《でんし》が創設され、皇帝自身で合格者を決定する制度もできた。

明代では朱子学が重視され、科挙もそれに基づいて実施された。

朱子学の知識が主に問われるようになり、四書の理解と暗記が必須となった。なお、明の科挙では、地方試験を郷試《ごうし》といい、その合格者が挙人《きょじん》という。さらに都での礼部の試験を会試といい、その合格者が進士《しんし》といった。

前科者を除き、受験資格は全ての男子に開かれていた。しかし、実際に貧富の差で合格率に開きがあり、長期の勉強ができるのは富裕層に限られていた。ゆえに、貧しい家から合格者が出ることは稀であった。

これと並行して武官登用のための武科挙もあった。唐代から始まり、以後引き続き挙行された。試験科目は学科のほかに武技を加えるもので、騎射、槍術、筋肉の測量も行われた。

崇禎元年（西暦千六百二十八年）、四月。

袁崇煥《えんすうかん》は山海関西門の中にある、兵士たちの訓練が行われる場にいた。

山海関とは、万里の長城の一部を構成する要塞である。狭隘《きょうあい》な地形に築かれ、満州から北京に向かう軍は、必ず通らなくてはならない北路最大の要所であった。軍事要衝として山海関の防備は極めて厳重であり、築かれてから未だに落ちたことのない要塞である。

袁崇煥《えんすうかん》の前には、新入りの将校たちが並んでいた。みな、昨年の武挙に合格し、しばしの訓練の後に配属されてきた。

なお、袁崇煥《えんすうかん》自身は科挙に合格して進士となっているので、元は文官である。しかし、憂国の志と軍事への関心から自ら志願した異色の将軍でもある。

新入り将校たちの目線の先には、棒を持った祖大《そたい》寿《じゅ》が立っている。

一人ずつ名前を読み上げられ、呼ばれた者は、それぞれが棒を手に祖大寿《そたいじゅ》に挑んでいく。

しかし勝負はおおよそ、一瞬で終わる。

祖大寿《そたいじゅ》に棒を叩き落とされ、蹴とばされ、倒れたところを立てなくなるまで打ち据えられる。

殆どの新入り将校が半死半生《はんしはんしょう》になるほど痛めつけられ、見学に来ている兵士たちに担がれて医務所へ向かうことになる。

これが、毎回恒例となっている、手荒い歓迎式である。

袁崇煥《えんすうかん》は家柄、成績、身分問わず、新入り将校の教育に妥協しなかった。

戦場で生き残るには運が必要だ。しかし、死ぬときは力の差で死ぬ。

型ばかりの模擬訓練や、机上の戦術論とは異なる、限りなく実戦に近い研鑽を積ませて、痛みと共に心身を鍛え上げるのだ。

そんな中、袁崇煥《えんすうかん》は一人の青年将校に注目していた。

自分の番を待つ将校たちは、祖大寿《そたいじゅ》の強さを見て、いずれも青ざめている。しかし、その将校は眉一つ動かさない。

年齢は二十代後半、背が高く、腕や脚も太く長い。目は切れ長で、肌はやや白い。顎には長さ二尺ほどの見事な髯《ひげ》をたくわえ、まるで三国時代の豪傑、関羽を彷彿とさせる。

やがて他の新入り将校がみな倒され、その男を残すのみとなった。

「盧象昇《ろぞうしょう》」

その男の名前が呼ばれた。

盧象昇《ろぞうしょう》は棒を持たず、素手のまま祖大寿《そたいじゅ》の前に立った。

しかし、一向に構えようとしない。祖大寿《そたいじゅ》は怪訝《けげん》な表情を浮かべた。

「盧象昇《ろぞうしょう》、構えんのか」

「お好きに、どうぞ」

「俺をなめると、死ぬことになるぞ」

祖大寿《そたいじゅ》は棒を突き出した。盧象昇《ろぞうしょう》はそれを躱《かわ》す。

祖大寿《そたいじゅ》の素早い突きが何度も繰り出されるが、盧象昇《ろぞうしょう》は身体を捻って躱《かわ》し続ける。そのうち祖大寿《そたいじゅ》は技を変えて攻めたが、盧象昇《ろぞうしょう》には掠《かす》りもしない。

「俺を馬鹿にしているのか！」

やがて祖大寿《そたいじゅ》は顔を真っ赤にし、棒を上から振り下ろした。

「むんッ！」

盧象昇《ろぞうしょう》は気を発すると同時に、振り下ろされた棒を握り拳で受け止めた。

祖大寿《そたいじゅ》の手に、重い衝撃が走った。まるで鉄を殴った感覚である。

いかに訓練用の棒といっても、樫《かし》で作られた硬く頑丈なものである。生身で受ければ、骨はいとも容易く折れるはずだった。

盧象昇《ろぞうしょう》は表情を変えず、もう片方の拳で祖大寿《そたいじゅ》の顔を正面から打った。

祖大寿《そたいじゅ》は鼻から血を噴き出しながら、宙を飛んだ。後方に大きく吹き飛ばされ、地に落ちた頃には、身体が既にのびきっていた。

すぐさま、見学をしていた兵卒たちが慌てて飛び出し、祖大寿《そたいじゅ》を担いで運んで行った。盧象昇《ろぞうしょう》は眉一つ動かさずに、それをじっと見ていた。

袁崇煥《えんすうかん》は目を見開いたまま、盧象昇《ろぞうしょう》の側に駆け寄った。

「見事であった。あ奴は頑丈でな、そう簡単に死なぬから安心せい」

「私の拳を受けた者は、三日は寝込みます。祖大寿《そたいじゅ》将軍も、そうなりましょう」

「拳は折れていないのか？」

「私は岩を殴って拳を鍛えました。今は鉄棒も折れます」

「大した豪傑だ。素手で祖大寿《そたいじゅ》を破るとは」

「私が棒を用いれば祖大寿《そたいじゅ》将軍は死ぬでしょう。ゆえに、素手で立ち会ったのです」

「得物《えもの》はなんだ？」

「偃月刀《えんげつとう》を用います」

「これは驚いた。まさしく関公（関羽）の再来だ」

盧象昇《ろぞうしょう》は袁崇煥《えんすうかん》の前に膝をついて拱手《きょうしゅ》をした。

「袁崇煥《えんすうかん》将軍、私は貴方《あなた》に憧れて此処《ここ》に来たのです。私も貴方《あなた》と同じく、進士合格です」

「なんと、お前もまた文官だったのか」

「はい。救国の英雄たる貴方《あなた》と共に戦いたかった。ゆえに志願したのです」

袁崇煥《えんすうかん》は顔を輝かせながら、盧象昇《ろぞうしょう》の手をとった。

「なんと喜ばしいことか。お前には私の馬をやろう」

「将軍の馬を、私に？」

「気性は荒いが、粘りのある速さで千里を駆ける馬だ。乗りこなしてみせよ」

祖大寿《そたいじゅ》が新入り将校に敗れたことは、その日のうちに広まった。

袁崇煥《えんすうかん》配下の満桂《まんけい》は、寝床から起き上がれずにいる祖大寿《そたいじゅ》を見舞ったのち、袁崇煥《えんすうかん》の執務室を訪ねた。

「祖大寿《そたいじゅ》の意識は戻りましたが、まだ立てないようです」

「盧象昇《ろぞうしょう》によれば、あと三日は使い物にならないらしい」

「祖大寿《そたいじゅ》も油断しましたな。戦にも出たことのない者に負けるなど」

「いや、あの者は強い。お前でも立ち会えば必ず負ける」

「どのような者なのです？」

「武勇と知略、そして信義も持ち併せている男だ」

「袁崇煥《えんすうかん》将軍と比べると？」

「烏《からす》と鳳凰、駄馬《だば》と麒麟を比べるようなものだろう」

「それほどの男が、まだこの国におったのですな」

「いたのだ。私は、今調練している部隊を彼に任せてみようと思う」

「天雄軍《てんゆうぐん》ですか。しかし、あれは黒雲竜《こくうんりゅう》に任せるべきでは？」

「黒雲竜《こくうんりゅう》は、今の二千だからこそ輝く男だ。盧象昇《ろぞうしょう》には、一万を率いさせる」

天雄軍《てんゆうぐん》とは、袁崇煥《えんすうかん》が自ら調練している新しい部隊だった。志願者のみで構成され、今は千人ほどだが、いずれは万に増やす方針でいた。

「して、盧象昇《ろぞうしょう》は今どこに？」

「門の外だ。どうやら私の馬を乗りこなしているようだ」

「袁崇煥《えんすうかん》将軍が、そこまで入れ込むほどの男とは知りませんでした」

「私がいずれ死んでも、盧象昇《ろぞうしょう》がおれば安心だ」

「滅多なことを仰いますな。将軍にはこれからも、この国を護って頂かなくては」

ヌルハチとの戦いが終わってから、袁崇煥《えんすうかん》は不穏な言葉をよく口にする。

寧遠《ねいえん》の戦いに勝つと同時に、袁崇煥《えんすうかん》は何か大きなものを失ったように、満桂《まんけい》には見えていた。

六年前に山海関に赴任してから、袁崇煥《えんすうかん》にとって毎日が戦いだった。

女真族の精鋭に負けぬよう兵らを調練し、戦の天才ヌルハチに対して百の策を用意した。

その熱意は、満桂《まんけい》ら諸将のみならず、一兵卒にまで伝播した。

袁崇煥《えんすうかん》にとって、ヌルハチはそれほどまでに大きな存在であったのだ。

寧遠《ねいえん》の戦いの後、ヌルハチの跡を継いだホンタイジは、袁崇煥《えんすうかん》へ講和を申し出た。

袁崇煥《えんすうかん》もそれに応じて書簡のやり取りを交わしたが、ホンタイジはその間に朝鮮王朝を破って傘下とし、山海関付近に兵を出して明軍とたびたび衝突していた。

椵島《かとう》の毛文龍《もうぶんりゅう》に、明軍に加勢するよう使者を遣わしたが、銀は出しても頑なに兵は出さない。しかも、ホンタイジと交易の契約を結んだという噂まである。

ホンタイジはしたたかな男だった。国家のかじ取りでは、ヌルハチ以上かもしれない。

そんな中、袁崇煥《えんすうかん》は冷静過ぎていた。

ヌルハチ打倒を目的としていた頃の情熱はもう見えなくなった。


講和などに応じず山海関を出て攻め込むべきだ、と進言したこともあったが、袁崇煥《えんすうかん》は首を横にふった。

山海関の兵はみな意気軒高であり、武器も充実している。

後金へ攻め込む頃合いは今しかない。

半年前、袁崇煥《えんすうかん》は兵部尚書に任じられた。その際、国の害を取り除くべし、と勅令も受けている。それでも、袁崇煥《えんすうかん》は動こうとしなかった。

首を横にふった袁崇煥《えんすうかん》は、暫《しば》く黙ったのち、こう言った。

「私は、毛文龍《もうぶんりゅう》を討つ」

即座に満桂《まんけい》は反対した。内通しているとはいえ、表面上は友軍である。更に宮中には、毛文龍《もうぶんりゅう》から賄賂を受け取っている者が少なくない。仮に捕縛して斬れば、袁崇煥《えんすうかん》の地位は危うくなる。

「私は、国に害を為す賊を討ち取るように命じられた。毛文龍《もうぶんりゅう》は、その一人だ」

敵を滅ぼす前に裏切者を討つ。一見すると理は通っている。しかし、それを為せば宮中に敵を作り、身を危うくする、と満桂《まんけい》は言葉を尽くして忠告した。

袁崇煥《えんすうかん》は再び黙ったのち、こう言った。

「満桂《まんけい》よ、私はヌルハチが羨ましいのだ。あの男は、心と体を使い尽くして死んだ。なんと素晴らしき天命なのだろうか。たとえ人に憎まれようとも、無惨に果てようとも、明という天の下で、私は生きるべくして生き、死ぬべくして死にたい。ヌルハチを討ったとき、私は己の天命を垣間見た。光の中で、それは私に示唆を与えてくれたのだ」

満桂《まんけい》は途方に暮れながら、引き下がるしかなかった。

そして現在、袁崇煥《えんすうかん》は盧象昇《ろぞうしょう》という男を得て、無上《むじょう》に嬉しそうだった。

その笑顔を見ながら、満桂《まんけい》はますます不安を覚えた。

盧象昇《ろぞうしょう》が現れたのは、破滅の予兆にも思えた。


軍人は、常に死と隣り合わせである。

満桂《まんけい》自身、死への恐れはあれど、常に覚悟は持っている。

しかし、袁崇煥《えんすうかん》の命は違う。もはや一個人のものではないのだ。

明の軍人や官僚だけではなく、大陸に住まう多くの人々の命を左右するものになっているのだ。

果たして、それを袁崇煥《えんすうかん》自身がどこまで理解しているのか。

「袁崇煥《えんすうかん》将軍、一つ聞いてもよろしいですか?」

「どうした、満桂《まんけい》」

「将軍は以前、私に己の天命を語られました。しかし実のところ、己の現在から逃げようとなさっているだけなのではないですか?」

「違うな。私の命は私だけのものではない、よく分かっているよ」

「それを聞いて、安心致しました」

見抜かれていた。

袁崇煥《えんすうかん》の人を見る観察眼は、恐ろしく鋭い。

「満桂《まんけい》、お前は心配性なのだ。しかし同時にそれは長所でもある。ゆえに、お前を引き上げたのだが」

袁崇煥《えんすうかん》は満桂《まんけい》の肩をぽん、と叩いた。その瞳に、迷いの影は見られない。

満桂《まんけい》は歯をみせて顔を綻《ほころ》んでみせた。

「将軍の慧眼《けいがん》には感服しきりです。最近は将軍を今孔明と評する者もいるとか」

「それは困った。孔明は大望を為せなかった」

満桂《まんけい》は袁崇煥《えんすうかん》と笑い合うと、拱手《きょうしゅ》して執務室から出た。

部屋の外で、満桂《まんけい》はすうっと息を吐きながら天を見上げた。

やはり、危うい。

しかし、それを押し止めるのは自分の役目なのだ。

自分も、覚悟を新たにせねばならない。

満桂《まんけい》は不安を振り払うつもりで、足早に歩き出した。


その夜、月の全部が本影に入った。

暗い天の下、どの場所と限らず静寂であった。

しかし遥か南方、延安府綏徳州《えんあんふすいとくしゅう》の城の外で、男が二人、馬を飛ばしていた。

両者とも鎧を付けて、片方の男は大槍を引っ提げている。

人知れず、時は動いている。

大陸の小さな一か所から、新しく大きい歯車が動き出そうとしていた。

第三話　烈火《れっか》

崇禎元年（西暦千六百二十八年）、五月。

早朝、承天門を過ぎたところに、徐光啓《じょこうけい》が立っていた。階段の下から奥の乾清宮をじっと見つめている。

紫禁城は明の第三代目皇帝・永楽帝の代に建造された建築物である。

北京に置かれ、大陸全土から木材が集められた。地面には八千万枚の磚《かわら》が敷き詰められ、屋根には黄金色の瑠璃瓦が並んでいる。


承天門、瑞門を過ぎ、左右に殿屋が突き出す午門から、紫禁城の本体が見える。金水河にかかる橋の奥にある皇極門を過ぎると、三層の漢白玉の基壇の上に、紫禁城最大の建築・皇極殿がある。連続する基壇の上に中極殿と建極殿が一直線上に並び、中央には九匹の龍が彫刻されている皇帝専用の階段が設置されている。

古《いにしえ》の頃、皇帝の住む宮に繋がる階段は高く、傾きは急に造られていた。上奏したいのならば汗水を垂らして登ってこい、と言わんばかりに険しい階段が設けられていた。

しかし、今は違う。優秀な官僚たちが協議した案を、一刻も早く皇帝に決済してもらうことが大事なのだ。

政の速度は、時代を経るごとに常に早くなる。特にそれは、繁栄のときか、滅亡に瀕しているときに、より顕著となる。

昨年、大規模な飢饉によって農民反乱が起きた。

何重にもかさなった重みに耐えかねて、支えてきた柱が一つ折れた。

この国の民は、我慢をし過ぎたのだ。

毎年のように旱魃《かんばつ》、長雨、洪水、暴風、虫害や動物の害を受けてきた。

徐光啓《じょこうけい》は小規模な地主の出身であり、その暮らし向きは良いものではなく、生計を立てるには農業や副業を営む必要があった。自然災害の恐ろしさは身に染みており、その防止や対策に強い関心を持っていた。自然災害を防止するのに効果的な農法を編み出すべく、西洋人にも教えを請うてきた。

農業こそが、この国を支えてきたものの根幹なのだ。

「ここに居られたのですか」

不意に、徐光啓《じょこうけい》の背後から声をかけた者がいた。

徐光啓《じょこうけい》が振り向くと、周延儒《しゅうていじゅ》がそこに立っていた。

周延儒《しゅうていじゅ》は三十代を過ぎたばかりの学士であった。十七歳のとき科挙会試に合格して会元として、次いで殿試に状元として及第し、翰林院《かんりんいん》修撰になった秀才である。

容姿も優れており、異性を問わず宮廷では大変な人気を誇っている。

しかしやや享楽的であり、徐光啓《じょこうけい》はその点が気に食わなかった。

「誰かと思えば、周延儒《しゅうていじゅ》であったか」

「陛下は何と仰せられましたか」

「わしの話をよく聞いてくださった。恐らくは陛下も、このところの不作を案じておられたのだ」

「徐光啓《じょこうけい》様の新しい農法が実を結べばよいのですが」

「結ぶ。今年は江南の収穫量を上げる」

「晩夏に再び種まきを行う考えですね」

「そうだ。北方では無理だが、南ではそれができる」

「上手くゆけば倍近く収穫量が伸びるでしょう」

「今年は北も変える。夏至の前に種まきを行うつもりだ」

「夏至の前に？」

「現在、人々は種を蒔くとき一畝に一斗以上を蒔く。時期が早ければ、必要な種子量は少なくなる」

「なるほど。密植では肥料が少なく、耕しにくい上に収量も少ない」

「もう一つ理由がある。大抵の人々は吉貝（木綿）も栽培している。ゆえに、芒種より前の時期では暇がないのだ」

「そこで、夏至《げし》の前に行うのですね」

「今朝は、小暑《しょうしょ》のあとに行う地域も決めた。この場合、種子量は変わらぬし、先に麻や燈心草《いぐさ》、蓆草《むしろぐさ》の類を植えておるので田が肥えていて育ちもよくなる」

「徐光啓《じょこうけい》様にしか、そこまで考えが及ばないでしょう。少なくとも、私を含めここに仕える官吏は」

「今のうちに、わしのやり方をよく見ておけ。お前はまだ若い」

「徐光啓《じょこうけい》様はこれからも、この国に必要です」

「わしは齢六十六ぞ。棺に片足を入れておる」

「気弱なことを」

もって五年、と医者は言っていた。

最近は足の関節は痛み、ときおり胸が苦しくなって夜中に目が覚める。

あと五年以内にできることを為すには、一つの刻が惜しいくらいだった。

「よいか、周延儒《しゅうていじゅ》。大地に根差す人々によって明王朝は支えられておる。それを忘れてはならぬぞ」

周延儒《しゅうていじゅ》はうなずいて拱手《きょうしゅ》した。

果たして、自分の意志がどこまでこの若者に通じているだろうか。

科挙に合格して進士に及第する者はいずれも優秀だ。

郷里の秀才ともてはやされた子供が十年、或いは二十年以上勉強を続けて合格するかどうかなのだ。人によっては合格を諦めて野で詩文に取り組んだり、私塾を開く者も多くいる。

ゆえに、合格した選りすぐりの者たちは博学多才で頭も切れる。

しかし、知っていることと解《わか》っていることは別だ。民の困窮を知ってはいても、困窮の中身までは解っていない者は多い。

そういった者が政権を握った場合、いきなり大鉈《おおなた》を振るって根本の原因を刈り取ろうとするも、刈ってはいけないところまで刈ってしまったり、地中深くの根源まではたどり着かず、解決はおろか余計に悪化させてしまったりすることが多い。

周延儒《しゅうていじゅ》は機知に富み、飲み込みも早かったが、そういった面ではまだまだであった。

徐光啓《じょこうけい》は周延儒《しゅうていじゅ》を連れて、乾清門の外へ出た。

暫《しばら》く行くと、十人ほどの礼服の集団と出会った。

その先頭の真ん中にいるのは温体仁《おんたいじん》という男だった。

小太りで齢は五十を過ぎた頃。今は南京礼部尚書という地位に就き、数年後には内閣の次補あたりになると徐光啓《じょこうけい》は目している。

知恵者ではあるが、風変わりな性格で、財欲と色欲が強い男であった。

周延儒《しゅうていじゅ》は温体仁《おんたいじん》の姿を見ると、徐光啓《じょこうけい》の背にさっと隠れた。

温体仁《おんたいじん》は、徐光啓《じょこうけい》に向けて、にこやかに微笑んだ。

「おはようございます、宰相殿」

「これは、温体仁殿《おんたいじん》も」

徐光啓《じょこうけい》もまた微笑み返した。

「温体仁《おんたいじん》殿は、いつ、此方《こちら》へいらっしゃった？」

「昨晩です。陛下に、上奏文をお読み頂く為に参った次第です」

「陛下はもう起きていらっしゃる。すぐ行くといい」

「それはかたじけなく。おや、其方《そなた》の陰にいるのは」

温体仁《おんたいじん》は、徐光啓《じょこうけい》の後ろを覗《のぞ》き込んだ。そして、いたのが周延儒《しゅうていじゅ》だと分かると、意地悪く微笑んだ。

温体仁《おんたいじん》の周りにいた者たちも、にやっと笑っている。

「やあ、周延儒《しゅうていじゅ》殿ではないか」

温体仁《おんたいじん》は周延儒《しゅうていじゅ》の肩に手を置いた。

周延儒《しゅうていじゅ》は俯《うつむ》きながら拱手《きょうしゅ》した。

「温体仁《おんたいじん》様も、ご機嫌麗しく」

「周延儒《しゅうていじゅ》殿。そう隠れてばかりだと、折角の色男が台無しだぞ？」

「お気遣い、感謝致します」

「なあに、そう畏《かしこ》まるな。そういえば今晩、酒宴を設けている。周延儒《しゅうていじゅ》殿も来るといい」

「お気持ちだけ頂きます。今晩は別の用がありまして」

「どうせ女の用事であろう。とんだ色男がいたものだ！」

温体仁《おんたいじん》とその他の者たちは一頻《ひとしき》り笑い合うと、徐《じょ》光啓《こうけい》に拱手《きょうしゅ》して去っていった。

「仲が悪いのか？」

集団の声が遠くなった頃、徐光啓《じょこうけい》は周延儒《しゅうていじゅ》に聞いた。

「温体仁《おんたいじん》様は私を嫌っておいでです」

「何故、嫌っている」

「私だけではなく、自分より年下の者によく嫌味を言うのです」

「困ったものだ。温体仁《おんたいじん》は知恵者だが、人を見下す癖がある」

「それと、東林党《とうりんとう》も嫌っておいでです」

「派閥の争いか」

宦官の害が去ったと思えば官僚同士の争いか。

徐光啓《じょこうけい》は深く嘆息《たんそく》した。

権力とは古来より毒を含んでいる。腐敗しない権力など存在しない。

現在は崇禎帝《すうていてい》の意欲的な親政によって抑えられているが、権力にこびへつらう者が一人でもいる限り、危険と隣り合わせである。

「銭謙益《せんけんえき》は何と申しておる」

「私には何も。しかし、やはり東林党《とうりんとう》は怪しげな連中です。この前も、銀で薄い板を作り、その上に香を焚いて、みなで詩を吟じておりました」

「何を考えているのだ、銭謙益《せんけんえき》は」

東林党《とうりんとう》の実質的な指導者である銭謙益《せんけんえき》とは何度か会ったことがあった。

銭謙益《せんけんえき》には政治家というより、学者や教師といった印象をもった。

話術は相当に優れていたし、他の理想論ばかり唱えている東林党《とうりんとう》の者たちと違って、立体的な政治的観念をもつ男だと思っていた。

「香観説というそうです。鼻で声・色・香・味を感じ、詩の神髄を知るとか」

「くだらんな。それが国政に何の意味がある」

「国を磨く為には、まず人。人を磨くには詩文による精神的修養が大切だと唱えておりました」

「民にはもう時間がないのだ！　わしにも！　この国にも！」

「徐光啓《じょこうけい》様！　お声が大きいです！」

徐光啓《じょこうけい》は思わず真っ赤な顔で怒鳴っていた。

周延儒《しゅうていじゅ》が慌てて宥《なだ》める。

「周延儒《しゅうていじゅ》よ、お前も不必要な人付き合いは、すぐ止めよ。苦しむ民の心を常に想え！　この国は、いつ切れるとも分からん絹《シルク》を頼りに、崖の淵を歩いているようなものなのだ」

「わかりました、わかりました。しかしこれ以上、激してはお体に障《さわ》ります」

徐光啓《じょこうけい》は、心配そうに見つめる周延儒《しゅうていじゅ》を一瞥《いちべつ》して歩き出した。

五月の暖かい風だったが、徐光啓《じょこうけい》の火照《ほて》った頬には冷たく感じた。

天文学・地理・物理・水利・暦数に精通した孤高のキリシタン政治家、徐光啓《じょこうけい》。このとき六十六歳。残された時間《とき》が短いことを悟りながらもただ独り、暗き崖淵《がけふち》の道を嚮導《きょうどう》する者だった。


〜〜〜〜〜〜〜〜〜〜〜〜〜〜〜〜〜〜

崇禎元年（西暦千六百二十八年）、七月。

延安府《えんあんふ》葭州《かしゅう》の府谷《ふこく》という地に、千人ほどの反乱軍の拠点がある。

府谷《ふこく》には黄河の支流が流れており、昔から水害の多いところだった。

また府谷《ふこく》という名のとおり、山あいには小さい谷があり、千人ほどが潜むには適した場所であった。

延安府《えんあんふ》の葭州《かしゅう》にはこうした数百人から千人規模の隠れ場所が多くあり、それらを全て結集すれば五千ほどの軍勢となる。

以前、官軍が何度か万の軍を派遣したが、反乱軍は戦わずして霧散し、官軍が諦めて撤兵した次の日くらいには、また同規模の反乱軍が構築される。

事の発端は一年前、天啓《てんけい》七年の夏に始まった。

この年、延安府《えんあんふ》全体に大規模な旱害《かんがい》が起こり、穀物の価格が急騰し、既に長年の重税に苦しめられていた民衆は一層の窮地に陥った。

そのような中、府谷《ふこく》出身の王嘉胤《おうかいん》という一人の農民が立ち上がった。齢は三十六、身の丈は六尺、豊かな顎髯《あごひげ》を蓄え、いかにも英雄然とした風貌である。

王嘉胤《おうかいん》は仲間と共に富家の食糧を奪って追われる身となり、それを機に、飢えた民衆を糾合《きゅうごう》して明王朝に対する反乱を開始した。

最初は千人にも満たなかったが、兵糧の遅配によって造反した兵士や各地の群盗も加えて爆発的に数を増やしていった。反乱軍の噂は大陸全土に忽ち広がり、今では延安府《えんあんふ》外から志願兵が集まることも度々あった。

多くは土地を捨てた者であり、中には一家ごとやってくる者も多い。

そのような府谷《ふこく》の地に、二人の異相《いそう》がやって来た。

一人は黥面《げいめん》の禿頭《はげあたま》であり、もう一人は黒鬼である。

荒くれ者の兵士たちが、ぎょっとした顔で道を開け、二人はその中を通って反乱軍の政務を行う建物まで来た。

「に、入隊希望の者は名と出身を記《しる》す決まりになっています」

番をしていた者がしどろもどろになりながら、筆と板の用意をしようとした。

黥面《げいめん》の男はぎろりと睨むと、小さく手を振った。

「俺はまだ入ると決めておらん。ただ、王嘉胤《おうかいん》に会いに来た」

「し、失礼ながら、お名前は」

「李巌《りがん》。もう一人は俺の妻だ」

「妻?」

番の者は黒鬼を見て筆を落とした。

朱色の髪、黄金色の眼、黒い顔、獣の牙、鷹のような爪、その容貌を見て腰を抜かす者もいるが、黒鬼こと馬竜媒《ばりゅうばい》は李巌《りがん》の妻である。

羅刹国《らせつこく》出身で鬼の面を被っているが、面の下はこの世の者とは思えないほどの美女であり、剣の達人でもある。

「しかし李巌《りがん》殿、申し訳ありませんが、盟主様は明の刺客を恐れて、滅多に人と会わないのです」

「俺たちが刺客に見えるのか」

李巌《りがん》はかっかと笑うと、書状を二枚手渡した。

「鄭芝龍《ていしりゅう》と毛文龍《もうぶんりゅう》の手形だ。お前には分かるまいが、これを渡せば、王嘉胤《おうかいん》は飛んでくるであろう」

番の者は手形を受け取ると奥に行った。

存外、臆病な者らしい。

「先が思いやられるな、竜媒《りゅうばい》」

竜媒《りゅうばい》は、こくん、とうなずいた。

暫《しば》くして、その奥から長身の男がどたどたと足音を鳴らしてやって来た。

「お待たせしてすまない。私が王嘉胤《おうかいん》です」

「李巌《りがん》と申す。こちらは妻の竜媒《りゅうばい》です」

王嘉胤《おうかいん》は馬竜媒《ばりゅうばい》を見て、一瞬たじろいだ様子を見せた。

外見は立派だが、やはり臆病な男のようだ。

「李巌《りがん》殿。部下の非礼をお詫び致す。さあ、どうぞ中へ」

李巌《りがん》と竜媒《りゅうばい》が通されたのは二十畳ほどの客間で

あった。

王嘉胤《おうかいん》は下人の女に茶の用意をさせ、机を間に真向いの席に着いた。

「遠路遥々《えんろはるばる》よくお越し下された。鄭芝龍《ていしりゅう》殿と毛文龍《もうぶんりゅう》殿の手形は拝察仕《はいさつつかまつ》った。軍資の融資は我らとしても大変有難いところです。それに、軍師殿自ら参られるとは驚きいった次第です」

早口で喋《しゃべ》る様子を見て、神経質で口数の多そうな男だと思った。

道中、思い浮かべていた英雄像とはかけ離れていた。

「俺は自ら見分したかったのだ。それに、それは鄭芝龍《ていしりゅう》の望むところでもある」

「我が軍の力量をはかりに来たのですな？」

「失礼だが軍とは呼べんな。これでは鄭芝龍《ていしりゅう》の融資も徒労に終わる」

「李巌《りがん》殿、我らは一年余り官軍を相手に戦っております」

「まずは道端で博打《ばくち》を打つことを禁じよ。それから、屯長《とんちょう》を数人斬って、軍規を改めなされよ」

「そうすれば、官軍に勝てるのですかな？　官軍は我らに勝るところ十倍。勝ちを収めるのは相当に困難かと思いますが」

「勝てる。百の精兵は千の弱兵に勝る。三日あればよろしいか？」

「三日？　やや、それは」

王嘉胤《おうかいん》は疑う目つきで此方《こちら》を見た。

「李巌《りがん》殿、貴殿はまことに三日で数万の官軍を相手に勝利すると仰《おっしゃ》るのか？」

「全軍とは言うておらん。俺に百人与えれば、それらを精兵にし、麓の二千人くらいは蹴散らしてやろう」

「それらを、三日以内に？」

王嘉胤《おうかいん》は、まだ疑う目つきをしている。

「博打好きの阿呆共を百人集めればいい。どうせ、戦場ではろくに働いておらんのだろう？」

「やや、しかし」

王嘉胤《おうかいん》は困ったように腕を組んだ。

恐らく、今はまともに官軍とぶつかりたくないのだろう。

仮に二千人を追い散らせば、次は万の軍を相手せねばならないからだ。

官軍が本気で押し寄せれば、府谷《ふこく》の反乱軍など容易く粉砕されるだろう。

「俺は鄭芝龍《ていしりゅう》に命じられているのだ。しかし、この有様では、軍資の件は無かったことにさせてもらおう」

「お、お待ち下され。では、逆に聞き申す。仮に二千を潰されれば、官軍が大いに怒って我々を滅ぼしに来るではありませんか。これを撃退する術はござらんのでは？」

「お主は何の為に蜂起したのだ。一年もこのようなところに籠れば、志も萎《しな》びる一方だ」

「李巌《りがん》殿は、官軍を倒す術をもっておられるのか？」

「ある。だが、其れは俺も含めて命を賭けねばならん。お主にそれができるか？」

王嘉胤《おうかいん》は腕を組んだまま黙ってしまった。

恐らく、保身と軍資について天秤に掛けているのだろう。

王嘉胤《おうかいん》が黙ってから暫《しばら》く経ったとき、外から足音が聞こえた。

「盟主様、盤龍山《ばんりゅうさん》より、出馬の催促が」

「今はその時ではない。後にせよと言うておけ」

「それが、指揮官自らいらっしゃっております」

「何？」

王嘉胤《おうかいん》は苦虫を噛《か》み潰した表情になった。

盤龍山《ばんりゅうさん》とは、米脂県《べいしけん》北部にある山だ。

米脂県《べいしけん》は傾斜地にあり、乾燥地帯であることもあって農業には適していない。しかし明代になって文化経済の成長により市場が発展し、全国でいえば中小規模の商業都市になっている。

王嘉胤《おうかいん》が続けて何かを言おうとしている間に、部屋に二人の男が入って来た。

一人は小柄な優男《やさおとこ》だった。そしてもう一人は髭《ひげ》を生やした豪傑《ごうけつ》だった。

「盟主様におかれましては、お変わりなく」

小柄な男は拱手《きょうしゅ》すると片膝をついた。

いい声をしている、と李巌《りがん》は思った。

よく見ると、優男の割に眼光は鋭く、場を引き締める武芸者のような気を放っている。

「王嘉胤《おうかいん》よ、この者は？」

「李自成《りじせい》という。元駅卒の者だ」

「駅卒の男が、盤龍山《ばんりゅうさん》の指揮をとっているのか？」

「李巌《りがん》殿もお気づきの通り、李自成《りじせい》はよい声をもっているのです。この者が進め、と言えば兵たちは勇ましく戦うのです」

「ほう」

王嘉胤《おうかいん》にしては目の付けどころがよい、と思った。

兵は自らの命を賭けられぬ者には決して付いてこない。

極端なことを言えば、たとえ才覚が十分でも風采の上がらぬ者は信用を得られぬこともあるのだ。

「李自成《りじせい》よ、俺は李巌《りがん》という。軍師になりに来たのだ」

「盟主様の軍師ですか」

「そのつもりであったが、気が変わった。盟主殿は俺を信用していないようだ」

王嘉胤《おうかいん》が慌てた様子を見せた。

「李巌《りがん》殿、それは誤解です。しかし、官軍を倒せる策が本当にあるとは思えんのです」

王嘉胤《おうかいん》より、この駅卒の男の方が、見込みがあるのかもしれない。

李巌《りがん》は李自成《りじせい》に顔を向きなおした。

「李自成《りじせい》よ、お前と敵の差はどれくらいだ」

「わが軍は百五十三人です。対して麓には官軍が千二百人。更に県城には三千人ほどが駐屯しています」

「それらを相手に、出陣の請《こ》いをしに来たのか」

「官軍の軍規は緩み切っています。それに三日前、夜に乗じて官軍の兵舎を襲って馬を三十頭ほど手に入れました」

「ならばすぐ攻めかかるといい。馬の脚が固まらぬうちにな」

「そうしたいところです」

李巌《りがん》はふっと笑うと、机の反対で唇をわなわなと震わせている王嘉胤《おうかいん》に目を向けた。

「王嘉胤《おうかいん》よ、県城が欲しくはないか？」

「盗れるのですか」

「盗る。俺には策が十ほどある」

「判りました。私も男です。ここは李巌《りがん》殿にお任せしましょう」

「決まりだ。行くぞ、李自成《りじせい》」

李巌《りがん》は立ち上がると、李自成《りじせい》らを率いて部屋を出て行った。

李巌《りがん》らは府谷《ふこく》を出ると、盤龍山《ばんりゅうさん》に向かった。

盤龍山《ばんりゅうさん》はそれほど険しい山ではない。しかし木々があちこちに生い茂り、まるで天然の迷宮のようであった。

李自成《りじせい》が先頭に立ち、裏道と思われる細い坂を登った。

途中には馬が駆け下り易いであろう坂や、高所に小さな柵が立っている。

「良い山を選んだな、李自成《りじせい》」

「李巌《りがん》殿は本気で県城を落とすおつもりか？」

「お前まで俺を疑うのか？」

「いえ、私は麓の官軍を蹴散らすつもりでいました」

「お前には城を落としてもらう。そして俺の策を用いるなら四日ほど準備がいる。その間、馬の脚を鈍らせるなよ」

「何か、必要な物は？」

「上等な着物が一着、あとは長入りを九つほど作れ。木製で構わん」

長入りとは長方形の道具箱である。人が二人で担げるほどの大きさで、よほど大荷物でない限り何でも入る。

「長入りは問題ありません。しかし上等な着物は、前に商隊を襲ったときに盗った物しかありませんが」

「県城に人をやって借りてこい。借り賃は俺が出す。でき得る限り、最上の物だぞ？」

「分かりました」

山の中腹に来たとき、李自成《りじせい》軍の住居が見えてきた。

広さは府谷《ふこく》の半分以下であるが、兵舎や水飲み場など区画はきちんとされており、小さな畑などもある。

調練中の兵たちの声が聞こえる。道端で博打をする者はいない。

「大したものだ。ここは府谷《ふこく》の陣屋よりも立派だ」

「お戯れを」

李自成《りじせい》が山頂に向けて合図を出した。鐘の音が鳴った。


兵らが一斉に出てきて二つ列を作り、李巌《りがん》らを出迎えた。

どの兵も衣服が泥に塗《まみ》れており、鎧を着ていない者が殆どで、十人ほどが胴に鉄の板を巻いている程度だ。

李自成《りじせい》は当然のように目を動かすことなく、その間を通った。

兵らも直立不動のまま動く事無くそれを見ている。

「大したものだ」

李巌《りがん》は李自成《りじせい》の兵舎に着くと、そう呟《つぶや》いた。

「最初は三百人ほどいました。しかし、三か月の調練の間に百五十三人まで減りました」

「それでよい。ただ、俺の策を行うには、泥だらけの服はいかん。三十人分、用意せねばならん」

「早速取り掛かりましょう。急ぎ準備致します」

李自成《りじせい》は配下に命令を出し、準備に取り掛からせた。

その夜、李巌《りがん》は机を借りて、奥の部屋で書を何通もしたためていた。

その最中、李自成《りじせい》がやってきた。

李自成《りじせい》は李巌《りがん》の前までくると、床に腰を下ろした。

「軍師殿は、どなたに書かれているのですか？」

「鄭芝龍《ていしりゅう》を始め、色々な奴に書いている。大明帝国を倒すには、様々な力を結集させねばならん」

「様々な力、と言いますと？」

「この国には、表の世界に姿を見せない闇の勢力がいる。奴らの力を借りねば、百年経っても反乱は成功しないだろうな」

「闇の勢力ですか。例えば、東廠《とうしょう》のようなものですか？」

「お前は察しがよい。何故、明が俺たちを本気で潰しに来ないか、分かるか？」

「我らの情報が筒抜けだからでしょう。大した敵ではない、と思われている」

「その通りだ。大した敵と思われていないうちに、俺たちは力を集めなければいかん」

「我らが力を付けた頃には、すっかり明は衰えているでしょう。そこを、突く訳ですね」

「お前は理解力がある。敵と戦う勇気もある。そして、俺を迎え入れる度量もある。敵と戦う勇気もある。どうだ、王嘉胤《おうかいん》を殺して反乱軍の指導者にならないか？」

「そんなことをしては、集まって来た兵らも、離散してしまうでしょう。それに」

「それに、何だ？」

「仮に雌雄を決さねばならないのなら、それは戦場でなければならない」

「ほう。戦場であれば、王嘉胤《おうかいん》を殺すのか？」

「それが、男の流儀でしょう」

「これは、一本取られた。合格だ、李自成《りじせい》」

李巌《りがん》は、微笑んだ。

この李自成《りじせい》という男には野心がある。しかし、不義を犯す不利益を心得ている。人を惹《ひ》きつける美学もまた、持ち併《あわ》せている。

「李自成《りじせい》。軍師から一つ、助言をくれてやる」

「助言とは？」

「無暗に喋《しゃべ》るな。お前の声色《こわいろ》は危険だ」

「話さねば、兵たちは付いてきません」

「兵らの前ではいい。だが暫《しばら》くの間、お前の志は隠しておけ」

「ご助言、感謝致します」

李巌《りがん》は李自成《りじせい》に折り畳んだ紙を渡した。

「軍師からの処方箋だ。俺の手筈通り動け」

そう言うと、さっさと出て行って兵舎内の藁葺《わらぶ》き床で横になった。

数日間、李巌《りがん》はそこで寝て過ごした。兵らと同じ食事をとり、動くときといえば、早朝起きて体を伸ばすくらいだった。

そして五日目の夜、李巌《りがん》の頭を小突《こづ》く男がいた。

「おい、起きろ軍師。兄者と十三人の兵がお前の手筈通り、城へ潜り込んだぞ」

李巌《りがん》が目を覚ましたとき、目の前には髭を生やした大男がいた。

「おう豪傑。李自成《りじせい》が上手くやったか」

「兄者に商人の振りなんかさせやがって。これで城を盗れねば、お前の首をねじ切るぞ」

「城は盗る。だがそれは俺たちの城ではない」

「どういうことだ？」

「俺はこの山が気に入った。城なぞ王嘉胤《おうかいん》にくれてやれ」

「なぜ、王嘉胤《おうかいん》なんぞの為に城を落とさねばならん」

「お前、王嘉胤《おうかいん》が嫌いか？」

「大嫌いだ」

「俺もだ」

李巌《りがん》は立ち上がると、四尺五寸の日本刀を手に取った。

「行くぞ、豪傑。馬の用意はできているな？」

「抜かりはない」

李巌《りがん》らは兵舎外の馬に跨《また》がると、百五十人全員を引き連れて山を下った。

その途中、山の麓から馬竜媒《ばりゅうばい》が駆けてきた。

「城より九つ煙が立ちました。麓の官軍もみな、眠りこけています」

「ようし、もう二つ立ったら行くぞ。豪傑、お前は何人倒せる？」

「五十人は倒せる。眠りこけているなら猶更《なおさら》だ」

「百人は倒せ。その大きな槍は飾りか？」

「ほざけ」

煙が遠くの方で二つ立った。

「行くぞ、豪傑」

「よし、かかれッ！」

合図と共に騎馬が坂を駆け下りた。歩兵がその後に続く。

官軍の兵舎が見えた。篝火《かがりび》は僅《わず》かだ。

李巌《りがん》は腰の日本刀を抜くとその中へ突っ込んだ。


〜〜〜〜〜〜〜〜〜〜〜〜〜〜〜〜〜〜〜〜


油屋に三か所、火を付けた。

もう十か所は木造の下家だったが、火の回りは遅かった。

城中の者たちは、最初は小火騒《ぼやさわ》ぎかと思っていたが、火が彼方此方《こちら》で本格的に大きくなるにつれて、城外へ逃げ出そうとする者が多くなってきた。

しかし、米脂県《べいしけん》の城は傾斜地に建てられたこともあり、避難は難航していた。

門は北と南の二つしかない。

北門近くに付けた火が、風に煽られて南へ迫ってくる。

あるところでは坂を下ろうと人々が殺到し、将棋倒しになることもあった。

城内の三千の兵らは、途中まで消火を試みていたが徒労と判断すると、避難する人々の中に分け入った。

兵らは邪魔な者を斬り捨てながら、その中を進んだ。

しかしそれに激昂《げきこう》した人々が飛び掛かり、その反動で集団が一気に倒れこんだ。

この日の夕刻、李自成《りじせい》は李巌《りがん》の処方箋通りに動いた。

その内容は、商人に変装して城内に入り火を付けろ、というものだった。

門兵には、長入りの中身は酒で、県の役人への貢ぎ物だと言い、銀を渡した。

役人への貢ぎ物であれば己も飲むことができるかもしれない、と門兵はすんなりそれを通した。

やがて、李自成《りじせい》らは城内が寝静まった頃に火をつけた。

今のところ、全て処方箋の通りにことが運んでいる。

そして処方箋の末尾には、城は王嘉胤《おうかいん》に献上せよ、とある。

官軍を破って城を落としたと聞けば、王嘉胤《おうかいん》は喜んで駆けつけてくるだろう。

そして、半年から一年は使い物にならない城を受け取って、愕然《がくぜん》とするであろう。

意地の悪い男だ、と思った。

李自成《りじせい》は城壁の上から辺りを見回した。

政庁には中まで火が侵入し、煙と火炎が噴き出ている。

城内に赤い竜巻が立ち、速度を増しながら街を焼き払っている。

城外にも、点々と火が燃えているのが見える。

盤龍山《ばんりゅうさん》麓の官軍が、まるで羊の群れのように追われているのだ。

奥には馬上で大槍を振り回す劉宗敏《りゅうそうびん》の姿も見える。

群れが城の南近くまで来た。

李自成《りじせい》は部下に合図を出した。

合図を受けた十三人の兵は、内側から南門を開け、速やかに城壁へ上がった。

するとまもなくして、城内の人々がみな南門へと殺到した。

城内にいた数万の群れが我先にと城外へ出ていく。

城外と城内の群れが衝突した。

人同士が踏み合い、潰し合い、逃げ惑う者は数知れない。

そしてあっという間に城外の群れは崩れ、姿を消した。

幸運にも逃げおおせた人々は四方八方に散っていく。

やがて城外にいた部隊が、鬨《とき》の声を上げた。

「勝ったのか」

紅蓮に燃える城を眺めながら、李自成《りじせい》は呟《つぶや》いた。

しかし、自分たちは何を手に入れたのか。

当分は使い物にならない城を得ただけで、この戦いに意味はあったのか。

無駄に官軍を怒らせただけで、これを果たして勝利といえるのか。


「これが勝ち戦というものだ」

振り返ると、李巌《りがん》がいた。

「李自成《りじせい》よ。これまで盗賊の真似事をしていたお前には、初めてのことだろう?」

「軍師殿。私には、この戦いの意味がどうしても見出せんのだ」

「戦いとはそういうものだ。勝者が得られるものなど思いの外少ない。そこに意味など無い。そういった物はずっと後になって付けられるものだ」

「軍師殿はなぜこのような戦いをなさった?」

「お前に勝ち戦を味わってもらう為だ」

「何の為に?」

「それがお前の歩む天道なのだ。お前のことは、髭の豪傑から色々と聞かせて貰ったが、不幸なものだ」

「なぜ、不幸と思われる?」

「お前はこういった戦を、死ぬまで続ける定めだ。天という、酷薄かつ虚ろで不確かなものの下で、戦い続けなければならん。明日からは、安らかに眠れると思うな」

天。

李自成《りじせい》の中で確かに感じていた感触が、急にうねりを帯びだしてきた。

「軍師殿、いや、李巌《りがん》。お前の処方箋は劇薬だ。俺の天を、お前自身の物に作り変えようとしている」

「どう受け取って貰っても構わん。だが、お前は俺に目を付けられた。俺が共に歩んでやるのだ。大人しく天道を進め。髭の豪傑も連れて、な」

李巌《りがん》は膝を付き、拱手《きょうしゅ》した。

それを見て、李自成《りじせい》は黙ってうなずいた。

熱風に煽《あお》られながら、二人の眼は交わっていた。


〜〜〜〜〜〜〜〜〜〜〜〜〜〜〜〜〜〜〜


元末《げんまつ》以前より、大陸には白蓮の二字を冠《かん》する宗教結社があった。その多くは仏教の一宗派として、阿弥陀仏信仰に基づいた居士を中心とした浄土往生の集団である。

時代と共にその形態が変容していくたび、やがてそれらは歴代王朝にとっては見逃すことのできぬ脅威となり、しばしば摘発された。

しかし、官憲による弾圧がいかに重ねられようとも、人々にとって変革が必要と認識される状況がある限り、白蓮教のような宗教結社の創生はなくならない。

明中期より、江西省近辺には龍華会《りゅうかかい》と呼ばれる白蓮系宗教結社があった。それはキリスト教圏の千年王国運動にも近似した形態をもち、信仰やその宗教活動を通じて阿弥陀仏による浄土を目指すものであった。

崇禎元年、一人の青年が龍華会《りゅうかかい》の総帥となった。名を、陽細徠《ようさいらい》という。

まだ二十歳を過ぎたばかりの青年が選ばれた顛末《てんまつ》は、十年ほど前に遡る。

ある村で、赤子が行方不明となった。

村人総出で探したが、赤子は見つからなかった。

そんなとき、村の一少年であった陽細徠《ようさいらい》が歩み出て、桑の木の下に赤子がいるのが見える、と言った。

村人たちは半信半疑だったが、村のはずれにある桑の木のもとに行くと、赤子がすやすやと寝息を立てていたという。

村人たちは初め、陽細徠《ようさいらい》が赤子をさらったとして袋叩きにしようとしたが、その場にいた僧侶がそれを止め、陽細徠《ようさいらい》には霊能があると諭した。

それから、陽細徠《ようさいらい》は相手が言っていないことを当てて、周りを驚かし続けた。遠方より高名な僧が調査に来るほどだったという。

やがて地元の龍華会《りゅうかかい》に勧誘を受け、陽細徠《ようさいらい》はその司祭となった。

司祭となってからは、その霊能はますます強くなり、陽細徠《ようさいらい》を阿弥陀仏の下生《げしょう》であると信じる者も現れた。

陽細徠《ようさいらい》は今、龍華会《りゅうかかい》の祭壇に座り、病気の信者に、御札を溶かした霊水を飲ませていた。その信者は陽《よう》細徠《さいらい》を拝むと外に出て行った。

総帥となってからも、その毎日は変わらない。

次は年老いた僧が入って来た。

本来なら祭壇に持ち込んではいけない剣を腰に差している。

「赤く燃える空が見えます。人々が大勢死にましたね」

陽細徠《ようさいらい》は悲しそうに俯《うつむ》いた。

「やはり、見えますか」

僧は陽細徠《ようさいらい》の前に腰を下ろした。

「拙僧がこの眼で見てきましたが、城が一つ焼けましてな。王嘉胤《おうかいん》という男がその主となっているようです」

「城を焼いたのは、王嘉胤《おうかいん》ではないでしょう？」

「左様。李自成《りじせい》という男で、年若いながらも一軍を任されているようです。元駅卒とか」

「分かった、それだけですか？」

「陽総帥、貴方《あなた》の方が分かるのでは？」

「私が関心あるのは信者たちの救済のみですよ、劉司祭」

劉司祭と呼ばれた僧は、含みのある笑みを浮かべた。

年老いてはいるが眼光は鋭く、陽細徠《ようさいらい》を見つめている。

「龍華会《りゅうかかい》の為に、総帥のご意見を賜りたい」

「私が見えるのは、その男が黄服を纏《まと》い、黒い冠をかぶる様子です」

「ほう、それは面白い。駅卒が皇帝となりますか」

「しかし私は、それをこの眼で見ることはできない」

「死ぬのですか」

「貴方《あなた》に、殺されます」

「それはまた物騒な話ですな」

僧はからからと笑った。

「劉司祭、布教熱心なのは結構ですが、あり得ぬ話を吹聴しないでください」

「ほう、例えばどのような？」

「私が息を吐けば、城が消え去るとか。不老の霊薬を飲んでいて、本当は齢百歳を超えている、とか」

「しかし、信者は増えましたぞ」

「ゆえに、困った信者も多くなりました」

「全ては龍華会《りゅうかかい》の為です。そこは、我慢して頂きたい」

陽細徠《ようさいらい》はため息をついた。

目の前の年老いた僧は劉耀中《りゅうようちゅう》と言い、先代総帥の頃から龍華会《りゅうかかい》の司祭を務めている。陽細徠《ようさいらい》がいなければ、この男が総帥となるはずであった。

陽細徠《ようさいらい》は負い目を感じているのか、龍華会《りゅうかかい》の方針は劉耀中《りゅうようちゅう》に任せている。言いなり、といってもよい。

「総帥、今日は是非とも会っていただきたい者がおります」

「私は会いたいという者を拒みません」

「それはよい心がけです。では」

劉耀中《りゅうようちゅう》は、どうぞ、と外に合図を出した。

すると、部屋の外から青年が一人入ってきた。

この男もまた、剣を帯びている。

年齢は二十を超えた頃に見える。

切れ長の眼、体格のよさ、しっかりとした足運びから、武の者であることはすぐに分かった。

青年の顔を見たとき、突然、陽細徠《ようさいらい》の頭の中を強烈な痛みが襲った。

眼の玉をくり貫かれるような痛みである。

陽細徠《ようさいらい》はわっと言うと思わず顔を覆った。

「総帥、いかがなされました」

「いいえ、急に頭が」

なんなのだ、この男は。

人々が泣き叫ぶ声がする。

太い刃で肉と骨を裂かれ、赤い血が噴き出す。

あれは何だ。首か。

殺、これは紛れもなく殺の香り。

気が付いたとき、陽細徠《ようさいらい》の眼から涙がとめどなく流れ落ちた。


劉耀中《りゅうようちゅう》も、突然苦しみだした陽細徠《ようさいらい》に驚いた様子で体を支えた。

「総帥、お気を確かに」

「劉司祭、この方は」

青年は片膝をつくと、驚いた様子もなく拱手《きょうしゅ》をした。

「私は高迎祥《こうげいしょう》の副官です。このたび、龍華会《りゅうかかい》の支持支援を頂くことに際し、御礼を伝えに参りました」

「高迎祥《こうげいしょう》とは、延安府《えんあんふ》の反乱軍の指導者です」

劉耀中《りゅうようちゅう》が補足をするように囁《ささや》いた。

しかし陽細徠《ようさいらい》の異変に、さすがの劉耀中《りゅうようちゅう》も動揺を隠せない。

「貴方《あなた》のお名前は？」

陽細徠《ようさいらい》は絞り出すように声を出した。

青年は拱手《きょうしゅ》したまま、微笑んだ。

「我は延綏鎮柳樹澗堡《えんすいちんりゅうじゅかんほ》の生まれにして、元は官軍におりました。名を、張献忠《ちょうけんちゅう》と申します。どうか、お見知りおきを」

「張献忠《ちょうけんちゅう》殿、お許しください。総帥は時折こうなるのです」

「なんの。見えぬものが見える方とは、そういったものなのでしょう」

「総帥の体調が優れるとき、またお引き合わせ致しましょう。それまで、ゆるりと逗留《とうりゅう》なされよ」

「ご厚意、痛み入る。しかし今は官軍の動きが活発になっておりますゆえに、急ぎ戻らねばなりません」

陽細徠《ようさいらい》は、ゆっくりと顔を上げた。

そして、張献忠《ちょうけんちゅう》の眼を見つめた。

「張献忠《ちょうけんちゅう》殿。貴方《あなた》にとって、人とは？」

「人、ですか。随分難しいご質問をなさる」

「貴方《あなた》にとって、天とは？」

「天、ですか。これもまた、難しい」

「貴方《あなた》の言葉で、聞きたい」

「私にとって人とは、天によって導かれるもの。しかし天とは、あくまで人が与えられし力。そこに何の疑いもなく生きていくことが、天命と心得ております」

それでは、と張献忠《ちょうけんちゅう》は拱手《きょうしゅ》をとき、外へ出て行った。

暫《しばら》くすると、陽細徠《ようさいらい》は解放されたように息を大きく吐いた。

劉耀中《りゅうようちゅう》が心配そうに顔を覗きこんだ。

「何か、見えたのですか？」

「乱世の、闇が」

陽細徠《ようさいらい》はそれだけ言うと、もう何も言わなかった。

外では、張献忠《ちょうけんちゅう》が馬を走らせていた。

高迎祥《こうげいしょう》では今の官軍に敵《かな》わない。急ぎ戻る必要がある。

張献忠《ちょうけんちゅう》は馬の尻を思い切り打った。

「まったく、胡散臭《うさんくさ》い連中に時間をとられてしまった」

張献忠《ちょうけんちゅう》は不満そうに呟《つぶや》いた。

人、天、それを他人に聞いてどうなるというのだ。

己の力以外に、何を信じようというのだ。

高迎祥《こうげいしょう》も、もう少しまともな男だと思っていた。

以前は、己の力で上に立とうとする気概はあったはずなのに、最近はめっきり弱気になって、抗《あらが》う強さを失くしてしまっている。

それに今は官軍への対応が急務だというのに、高迎祥《こうげいしょう》たっての願いで、龍華会《りゅうかかい》のご機嫌取りに向かうはめになった。

しかし。

「あの男、とても奇跡を起こせるようには見えぬな！」

張献忠《ちょうけんちゅう》は馬上で大きく笑った。

天に向かって祈りを捧げる者たちが、何の役に立つというのか。

天が時代を動かすのではない。人の力が、時代を動かすのだ。

時代を変える奇跡など、あろうはずもない。

張献忠《ちょうけんちゅう》は馬を急がせた。

それはまるで、時代を切り裂いていく勢いそのままであった。

我こそが、天下たりえん。

張献忠《ちょうけんちゅう》はその激情を空へ叩きつけるように吼《ほ》えた。

若き情熱と覇気が、空気を割《さ》いた。

林に潜んでいた猛《たけ》き虎が、天下へ向けて躍り出ようとしていた。

第四話　蒼《そう》穹《きゅう》

崇禎二年（西暦千六百二十九年）六月、毛文龍《もうぶんりゅう》が殺された。

突然の死であった。

銀の礼として、袁崇煥《えんすうかん》から酒宴に招かれたところを逮捕された。

罪状は汚職と、内通と、密貿易だという。

しかし毛文龍《もうぶんりゅう》の逮捕に踏み切ったのは、袁崇煥《えんすうかん》の独断であったらしい。

逮捕されたその日のうちに、毛文龍《もうぶんりゅう》は袁崇煥《えんすうかん》の副官である満桂《まんけい》によって斬られた。

袁崇煥《えんすうかん》に送っていた一年分の賄賂は証拠品として、毛文龍《もうぶんりゅう》逮捕の上奏文と共に朝廷に送られたという。

毛文龍《もうぶんりゅう》にとって幸いであったのは、三人の息子を伴っていなかったことである。

共に山海関に来ていれば、間違いなく殺されていたが、毛文龍《もうぶんりゅう》の留守を守っていた為に難を逃れた。

袁崇煥《えんすうかん》もわざわざ椵島《かとう》にまで出兵する必要もない為に、息子たちを始めとしてその配下の将兵の命は助けられた。

後任の者は、すぐに派遣される。

毛文龍《もうぶんりゅう》の財産は全て没収されるが、椵島《かとう》は官憲の目にも届きにくい上に、密貿易から上がる利益は大きい。

朝廷では誰が後任として派遣されるか、一波乱が起こることは避けられない。

それほどに、椵島《かとう》はうまみのある地域である。

しかし、それより大きな問題は、袁崇煥《えんすうかん》がほぼ独断で毛文龍《もうぶんりゅう》を殺したところである。

毛文龍《もうぶんりゅう》から賄賂を受け取っていた者は多い。袁崇《えんすう》煥《かん》への報復は避けられない。

「それはそれで、ありがたいところだが」

ホンタイジはふう、と馬上で白い息を吐いた。

毛文龍《もうぶんりゅう》を殺したところで、何も変わりはしない。いたずらに、袁崇煥《えんすうかん》の地位を危うくしただけなのだ。

「それほど、愚かな男ではないはずだが」

「おいッ！　誰が愚かな男だ！」

ホンタイジの横に馬を並べて来た者がいた。

「誰も、お前が愚か者とは言っておらん」

「やい、ヘカン。お前、親父の跡を継いだからって、このところ生意気だぞ」

これ以前、後金の中である騒動が起こっていた。

ヌルハチの、後継者争いである。

ヌルハチは六十を過ぎたとき、長兄のチュイェンを太子にした。母親の地位も高く、勇猛果敢な男であった。

しかし、チュイェンは次第に傲慢《ごうまん》に振舞うようになった。更に言動も荒く、弟や家臣らの反感を買うことも少なくなかった。

ヌルハチはチュイェンを何度も叱ったが、チュイェンは態度を改めなかった。

そして遂にチュイェンは太子を廃され、幽閉され、最後は殺された。

やがて、ヌルハチは息子、養子、重臣を問わず数々の後継者候補を粛清していった。そして寧遠の戦いの後、息子の八人から選ばれることになった。

しかし、過去の身内同士の争いや、大妃《たいひ》の殉死などが尾を引き、後を継ぐ者はホンタイジとなっていた。

ホンタイジは、ため息をついた。

「そうか。では、俺を生意気と言っているお前は誰だ？」

声を荒げている男を見て、ホンタイジは頭をひねった。

顔に見覚えはあるが、名を思い出せない。

自分をヘカンと呼んでいるから、恐らく兄弟の誰かだろう。

「馬鹿ッ！　お前の兄貴のマングルタイだ！」

「ああ、そんな兄弟もいたな」

「まったく。お前はいつになったら俺の名を覚えるのだ！」

「できの悪い兄弟が多過ぎるんだ。お前も少しは働け」

「何という口の悪い奴だ！」

ホンタイジは、マングルタイが乗っている馬の尻を、鞭で叩いた。

「マングルタイ。馬の脚が鈍《なま》っているぞ。少し走ってこい」

「ちくしょう！　ヘカン、覚えてろよ！」

マングルタイは走り去っていった。

暫《しばら》くすると再び、ホンタイジの横に馬を並べて来た者がいた。

ドルゴンだった。偉大な父、ヌルハチが最も愛した末の息子だ。

もうまもなく二十歳になる。女のような顔つきは相変わらずだが、最近はうっすらと髭が生えかけている。

「兄上は、袁崇煥《えんすうかん》を過大評価しているのです」

「毛文龍《もうぶんりゅう》の件が、どうも解せんのだ」

「それは、天命などというものに踊らされた結果でございましょう」

「天命。袁崇煥《えんすうかん》が好きな言葉だったな」

「私が見たところでは、袁崇煥《えんすうかん》は愚か者です。あんな男に我らが敗れたとは」

「口を慎め、ドルゴン。寧遠での戦いは、誰が指揮を執ろうが負けていた」

三年前、後金は袁崇煥《えんすうかん》の用いた新型大砲によって大敗を喫した。

今ではその傷は癒えつつあるが、未だに恐怖心を拭えぬ者も多い。

ホンタイジもまた、その一人であった。

「兄上、今こそ攻めどきなのでは?」

「袁崇煥《えんすうかん》との和睦をやぶって、再び攻めるのか?」

「絶好の機会かと」

袁崇煥《えんすうかん》とは、独自に和睦を結んでいた。

双方たびたび小競り合いは起きるが、大戦には至ってはいない。

「ドルゴン、お前は賢いが、戦の駆け引きは下手だ。謀を巡らすのも、まだまだ甘い」

ドルゴンは目を落とし、しゅん、となった。

この妙な素直さも、父が愛したところであろう。

「では、如何なさいますか。毛文龍《もうぶんりゅう》を失った為に、長引けば我らに不利です」

「長引かせるのではない。袁崇煥《えんすうかん》との付き合いも、あと一年ほどだ」

「謀を仕掛けるのですか?」

「奥の手だ。よく見ておくのだぞ」

ホンタイジ自身、自分が甘い男とは思っていない。

諸葛孔明の再来とされた男の隙を、見逃すつもりはない。

しかし、あの男にどういった心境の変化があったのか。

寧遠城の戦い以前は、そういった隙など全く見せぬ、どこか張りつめている様子であった。

袁崇煥《えんすうかん》の兵は、一兵卒であろうとも終始乱れぬ動きをとる。

これは指揮官によるところが大きく、人によってはそういったところが気になり、気持ちの収まりが悪い。何事も理路整然としていなければ気が済まぬ、良くも悪くも神経質な男であろうと思っていた。

袁崇煥《えんすうかん》は自ら調練の指揮を執り、その眼で見て初めて納得する指揮官なのだ。

しかし、寧遠城の戦い以後はどうしたことか、調練にも顔を出さず、近頃は専ら配下の将軍たちに任せている。それも実戦経験豊富な満桂《まんけい》や黒雲龍《こくうんりゅう》などではなく、新しく赴任してきた盧象昇《ろぞうしょう》という男だ。

盧象昇《ろぞうしょう》は遠目からであるが、見たことがある。

まるで漢民族の廟などに祭られていそうな、長髭の大男だ。

一万を超える大軍を用いての調練であったが、騎兵の扱いはよく心得ている様子であった。少なくとも、酒と肉を食らってばかりいる自分の兄弟たちよりよっぽど上手だ。

しかし、火器を用いた兵の調練はまだまだ甘い。恐らくは明王朝自体も、最新式の火器を持て余しているのかもしれない。

後金にも、二年ほど前から漸《ようや》く性能の良い火器が入ってきた。

毛文龍《もうぶんりゅう》や鄭芝龍《ていしりゅう》といった、密貿易を行なっている商人から買っているものであったが、値が恐ろしく高い。

以前は倭国の商人から安い火器を買ったこともあったが、一発を撃つまでに時間も手間もかかる代物であったので、とても実用化は不可能であった。

それに比べて今回の火器は明の正規軍と比べても、それ程差のない性能を持っている。

一歩兵の持つ小銃と、城壁を打ち砕く大砲ともに実用に耐えうる物だ。

早速、息子のホーゲやドルゴンに調練を任せている。

ホーゲは我が息子ながらなかなかに勇ましい。

年はドルゴンより三才上であるが若くして戦場に出て、父ヌルハチからも目をかけられていた。最近は将としての貫禄も少しずつ付けてきた。

自分に万が一のことがあったときを考えると、ホーゲの存在は頼もしい。

いずれは、ドルゴンと共に女真の中核を為す存在となるだろう。

「ドルゴン、我が息子、ホーゲをどう思う」

「勇猛な方であられるかと存じます」

「世辞はよい。私を継ぐ男になり得るか」

「恐れながら、ホーゲ様は弓馬《きゅうば》に優れ、人望篤く、まさしくホンタイジ様の後継者となり得ましょう」

「私はな、ドルゴン。ゆくゆくは、お前がこの後金を継いでもよいと思っているのだ」

「ホンタイジ様の御心のままに」

「普通はな、そういったことを言われたときは畏《かしこ》まるものだぞ？」

「私にとっては、ホンタイジ様が仰《おっしゃ》ったことが真実であり、誠です。後金を継げ、と言われたら、そうします」

「そうなれば、ホーゲたちは怒《いか》ろうぞ？」

「乱は起こる前に、処断《しょだん》致します。ホーゲ様も、例外ではありません」

「良い心がけだ」

ドルゴンは眉一つ動かさなかった。

ドルゴンは良くも悪くも素直だ。そしてそれは、敵味方を問わず、毒にも薬にもなり得る。

「女真を率いる者は最も優れていなければならない。我らの父上が常々仰られていたことだ」

「ホンタイジ様は、最も優れた方です」

「ドルゴン、もう一度尋ねる。ホーゲは私を継ぐに足りるか？」

「足りぬところは、私が補佐しましょう」

「そうか。ならば、お前はこれより鑲白旗《じょうはく》を率いる王となれ」

鑲白旗《じょうはく》とは、軍事、行政を担う八つの組織の一つである。

正黄《せいおう》、鑲黄《じょうこう》、正白《せいはく》、鑲白《じょうはく》、正紅《せいこう》、鑲紅《じょうこう》、正藍《せいらん》、鑲藍《じょうらん》。色分けされた八つの旗の元に女真族や漢族は編入され、農耕や狩猟、兵役を担う。

「ベイレではなく、王、ですか」

「私はな、後金を明にも負けぬ国にしたいのだ。まずは明に倣《なら》い、三省六部の制を女真の中に布《し》く。ゆくゆくは、部族、国家などよりも広い、膨大な文化的事物を、我々は漢族から学ばねばならぬのだ」

「ゆえに、まずは模倣《もほう》より始めるのですね」

「やがて必要なものを残し、不必要なものを捨て去る。それを成し遂げた頃、我らは初めて長城を超えられるのだ」

「しかし、それは我らの血の誇りまで奪ってしまわないでしょうか」

「お前らしくないな、ドルゴン。馬に跨《また》がり、酒や肉を食らってばかりいることが、誇りと思うのか」

「そうは思いません」

「よいか、血も誇りも、必要なものを残し、不必要なものを捨て去るのだ。それが、私の目指す世だ。この不毛な戦いを終わらせ、明より更に大きい国を築く。そこに、無駄なものがあってはならぬのだ」

ドルゴンは暫《しばら》く黙った。

ホンタイジは空を見上げた。

ドルゴンの言いたい意味も分かる。

明後日、三省六部を創設する触れを出せば、恐らく、全ての女真の民は困惑し、自らの血と誇りに自問するであろう。

だが、彼らが国家というものを意識すれば、全てが変わる。

ホンタイジは静かに目を閉じた。

やがて女真の民は、長城を越える。越えねばならぬのだ。

ホンタイジの脳裏には、その姿がはっきりと浮かんでいた。


〜〜〜〜〜〜〜〜〜〜〜〜〜〜〜〜〜〜


南方の地、蘇州《そしゅう》にはそのむかし邪神が住むとされていた。

名を五通《ごつう》、五聖《ごせい》または五顕霊公《ごけんれいこう》と呼ばれ、男女を惑わす淫神である。

李自成《りじせい》らが城を落として間もない頃、淮水のほとりの佳《けい》科《か》村で、その五通が暴れているという噂がたっていた。

民家の美しい娘はみな犯され、親兄弟もみな見て見ぬ振りをするほかないという。佳科村《けいか》へ五通退治に赴く豪傑もいたが、みな身体を引き裂かれて敗れていた。

そのような中、佳科村《けいか》を訪れた者がいた。

身の丈六尺半寸、目鼻立ちも涼やかな男であった。銀色の鎧を纏い、朱色の長槍を背負い、澄ました表情のまま村に入った。

それを見かけた老人が、思わず声をかけた。

「貴方様《あなた》も、五通を退治しに来たのですか？」

男は、そうだ、とだけ答えて、やがて村の外れの空き家を借りて、そこに住み始めた。

男が村に入ってから、七日経った。

不思議とその間、五通は現れなかった。

まるで男を訝《いぶか》しみ伺っているかのようであった。

九日目、昼にも関わらず、佳科村《けいか》を黒雲が覆った。

「誰か、助けてください！」

村に、女の悲鳴が木霊《こだま》した。

質屋を営んでいた陳景《ちんけい》という者の女房だった。

数刻の間、陳景《ちんけい》の女房は五通に身体を汚され続けた。

しかし男は、空き家から出てこようとはしなかった。

村の者はみな、男が見掛け倒しの臆病者だと噂をし合い、男が歩いていても声を掛ける者はいなくなった。

十日目の夜、男は村の外れにある大樹に腰掛け、空を眺めていた。

「今夜、逃げるの？」

男に話しかけたのは十五歳頃の美しい少女であった。

「明後日、村は去るが、逃げはしない」

「臆病者。明日は、私が犯されるわ」

「どうしてわかる」

「明日、私は簪《かんざし》を付ける日だもの」

簪《かんざし》を付ける日とは、女性が成人する意味である。

少女は、男の隣に腰掛けた。

「名は何という」

「明日からは、陳 婉芬《ちんふぇいふん》と名乗るわ」

「質屋の娘か」

「どうして、母を助けてくれなかったの？」

「様子を確かめる必要があったのだ」

「聞きたくないわ。臆病者の言い訳なんて」

「五通は、俺が倒す」

「嘘ばかり。そう言った人たちは、みな死んだ」

少女は俯《うつむ》いた。

「あなた、名はなんというの？」

「金王孫《きんおうそん》」

「王孫さん。本当に五通神を倒せるの？」

「あれは神ではない。ただのケダモノだ」

「ケダモノ？」

「北方の狐のようなものだ。狐憑《きつねつ》きは追い払う手段はあるが、五通にはない。ただ殺すしかないのだ」

「王孫さん、貴方《あなた》は一体何者なの？　そこらの人には見えないけれど」

「憑き物を落とすことを生業にしている者だ。ときに傭兵《ようへい》働きもするが、そっちは副業だ」

「王孫さん、私を護って」

「生憎《あいにく》だが、手数料がいる」

「何が欲しいの？　銀なら、父が工面してくれるわ」

「お前が欲しい」

金王孫《きんおうそん》は陳 婉芬《ちんふぇいふん》の眼をじっと見つめた。

「とんだ五通神がいたものね」

すぐに、二人は唇を重ねた。

金王孫《きんおうそん》が陳 婉芬《ちんふぇいふん》の首に腕をまわし、ねっとりと唇を押し付ける。

二回目の口付けは、互いに自然と舌を絡ませていた。

「陳 婉芬《ちんふぇいふん》。お前はとんでもない女だ」

一晩中、金王孫《きんおうそん》は陳 婉芬《ちんふぇいふん》の肌を愛で続けた。

やがて、互いに疲れて眠りに付いた頃、山の向こう側から陽がかすかに昇った。

数刻後の昼、陳晼芬《ちんふぇいふん》は簪《かんざし》を付けた。

しかし、陳景《ちんけい》を初め、陳《ちん》家の人々はみな俯《うつむ》いたまま声を出せなかった。

五通は簪《かんざし》を付けたばかりの女を優先的に犯すからだ。

金王孫《きんおうそん》は陳景《ちんけい》の横に立った。

「娘を護りたいか？」

「それは、何としても」

「銀はいらん。店の一室を貸してくれれば、それでいい」

「五通を、何とかしてくれるのか？」

「店の中が酷い有様になるが」

「店のことなどどうでもよい。俺は女房を犯された。成人したばかりの娘までと考えると、とても耐えきれん。それからのことは後で考える」

「樽一杯の酒と、肉を用意しろ。五通の好みだ」

「自分から、五通を呼び寄せるのか？」

「そうだ。それからのことは、俺に任せろ」

それを聞くと、陳景《ちんけい》はすぐさま肉と酒を手配した。

その間に、陽はあっという間に沈んだ。

空を黒雲が覆い、旋毛のような風が吹いている。

村の家々はみな扉を固く閉め、明かりはついていない。

しかし、陳景《ちんけい》の質屋の明かりは灯ったままであった。

それどころか、窓を僅かに空けて、肉と酒の匂いを外へ漏らしている。

質屋の中では、金王孫《きんおうそん》が家具の位置などを細かく指示していた。

机の場所や椅子の数、食卓に料理を並べた様子は、まるで貴人をこれからもてなすかのようであった。

陳景《ちんけい》の女房と晼芬《ふぇいふん》は奥の部屋におかれた。

女房は青ざめた顔でいたが、晼芬《ふぇいふん》は落ち着いた様子だった。

「晼芬《ふぇいふん》、貴女は怖くないの？　母は生きた心地がしないというのに」

「私は怖くないわ。あの人は、信用できるから」

「どうして分かるの？　見た目は立派ですけれども、私が犯されるのを見過ごしたわ」

「お母さん。あの人がもし五通を追い払ってくれたら、私、あの人の元に嫁ぎたい」

「畹芬《ふぇいふん》。貴女、もしかして」

女房が二の句をつげないでいるうちに、部屋に陳《ちん》景《けい》と金王孫《きんおうそん》が入ってきた。

陳景《ちんけい》は表情こそ落ち着いているようであったが、顔は青かった。

「大丈夫だ。王孫さんが護ってくれる」

「でも、あなた。もし五通がこの部屋に入ってきたら」

「この部屋には、入らせません」

金王孫《きんおうそん》は澄ました表情のまま、きっぱりと言い放った。

「しかし、まもなく五通は来るでしょう。陳景《ちんけい》殿、手筈通りに」

「わかりました。私も、女房と娘を護る為です。男になりましょう」

陳景《ちんけい》は自分に言い聞かせるように言うと、奥間の扉を閉め、玄関の方に向かって行った。

暫《しばら》くしたとき、玄関の戸を叩く音がした。

「俺だ、四郎だ。怖がらなくてもよい。今宵は兄貴たちと弟を連れてきた」

扉の向こうから声がする。

陳景《ちんけい》は震えた手で玄関扉を開けた。

「へい、いらっしゃいませ」

「なんだ、店主自ら出迎えか。よろしい。今夜はたっぷりと楽しませて貰うぞ」

太眉の大男が五人、ずかずかと入ってきた。五人ともみな、同じような顔立ちをしている。

四郎と名乗った男は、剣に手をかけて店の中を見回している。

「おい店主、早く女房を出せ」

「へ、へい。ですがその前に、お食事などいかがですか。酒も肉も、ふんだんにありますぞ」

「なんだ、用意がいいじゃないか。ようし、女房を味わうのは、その後だ」

五人は改めて用意されていた椅子に座ると、遠慮のかけらもなく酒と肉を味わいだした。

ほどよく五人の顔に赤みがさしてきた頃、奥の扉が開いた。

五通の前に出たのは、槍を担いだ金王孫《きんおうそん》だった。

「やれやれ、とんだ五通がいたものだな」

金王孫《きんおうそん》を見るやいなや、五通全員が剣を一斉に抜き放った。

「店主！　俺たちをはめたな！　役人を呼びやがって」

四郎と名乗った男がほえた。

金王孫《きんおうそん》は鼻で笑うと、店主を後ろにさがらせた。

「店主の指図ではない。そして俺は役人でもない。ただの道士だ」

「道士だと？　俺たちは五通だぞ。歯向かうのか？」

「あくまで五通と名乗る以上は、多少、仏の心得はあるのだな？」

「仏だと？　何を言っている」

「ただの倭寇くずれが知るはずがない、か。よいか、五通とは五取蘊《ごしゅおん》を指す。五取蘊《ごしゅおん》とは、色、受、想、行、識の、人間に宿る執着を意味する」

「仏が何かは知らんが、俺たちは五通だ。なめていると罰が下るぞ」

「罰、か。五取蘊《ごしゅおん》を我とみなす行為は有身見《うしんけん》という。それはいわば、仏道における悪見三結《あっけんさんけつ》だ。そういう意味では、俺は既に輪廻という永遠に続く罰を受けている」

「何をばかな」

「それともう一つ、五通を名乗る者なら自らの出生もお分かりかと思うが、唐代の柳洲《りゅうしゅう》には五通の先祖である鬼がいる」

「鬼？」

「その鬼は五蘊にとらわれ、子々孫々まで輪廻という罰を受けるはめになったのだが、そんなことも忘れてしまったのか？」

「ええい、訳の分からぬ男だ。やっちまえ！」

五通はみな剣を振りかぶって宙に跳んだ。

その刹那、金王孫《きんおうそん》の槍が一閃《いっせん》した。

ぐしゃっ、と何か物が潰れる音がしたかと思うと、五通は夥《おびただ》しい血を噴き出し、臓物《ぞうぶつ》をまき散らしながら地に落ちた。

瞬く間に床が血の海となり、生きているのは金王《きんおう》孫《そん》と、茫然とした表情を浮かべている陳景《ちんけい》と、物音に驚いて奥間から出てきた女性二人のみであった。

「鬼、鬼」

陳婉芬《ちんふぇいふん》が呟いた。

「店を汚して悪かったな」

金王孫《きんおうそん》は槍を一振りすると、そのまま店を出て行った。

陳婉芬《ちんふぇいふん》は裸足のまま血の海を渡ると、金王孫《きんおうそん》を追いかけて外に出た。

陳婉芬《ちんふぇいふん》の眼に、金王孫《きんおうそん》の背中が映った。

「貴方《あなた》は、本当に鬼なの？」

「鬼かどうかは知らぬ。だが、罰は受けている」

「貴方《あなた》は、私を護ってくれた」

「俺は、五通を倒しただけだ」

「貴方《あなた》はこれから、いずこへ行くの？」

「北へ行く。五通など比べ物にならないほどの、大きな憑《つ》き物を落としに行く」

「五通よりも、大きな憑き物って？」

「乱世の、闇だ。北には、やがて全てを食らい尽くす若い虎がいる」

「闇？　虎？　私には、何も分からない」

「放っておけば、沢山の人間が殺される。それを防がねばならない」

「変な人。でも、貴方《あなた》は良い人よ、金王孫《きんおうそん》」

「いい女になれよ、陳婉芬《ちんふぇいふん》」

金王孫《きんおうそん》はそのまま、村を去った。

後世、佳科村《けいか》にはは五通がたびたび現れたというが、人に害を及ぼすまでには至らなかった。現代の蘇州《そしゅう》では淫神として、祭りの演目で時折目にするのみである。

鬼の血脈と受けた罰は、未だ絶えてはいない。

〜〜〜〜〜〜〜〜〜〜〜〜〜〜〜〜〜〜〜〜〜〜〜〜〜〜〜〜〜〜〜〜〜〜〜〜

火薬は唐の時代に発明された。当時作られたのは硝石や炭、硫黄等を混ぜ合わせた原始的なもので、目標を燃焼させることに成功したが、実用化には至らなかった。

火薬が初めて戦争に用いられたのは、宋の時代である。しかしそれも、槍や竹の先に火薬を仕込んだもので、手間がかかる割に、目隠しや威嚇程度の効果しかあげられなかった。そして、元の時代に火薬は西欧に伝わった。それらはやがて、火縄銃や大砲等に用いられるようになる。

明の時代、銃はポルトガル商人からもたらされた。当初、その複雑さから模倣は大変に困難であったが、やがて密貿易を行なう商人たちの中にいた銃の専門家の番酋《ばんおさ》を捕らえて、その製造技術は改めて伝来することになる。

その後、火縄銃は大小様々に発展した。主に銅で作られたものであったが、万暦帝の折、朝鮮の役にて日本軍の銃に圧倒されたことから、鉄を用いるようになったとされる。

十年後、宰相であった徐光啓《じょこうけい》は来たる後金軍との決戦に備えて、新型の火器を整備した。小型の銃では後金軍の鎧を貫通することができないとして、大型の銃を製造させた。

寧遠で用いたポルトガル式大砲の紅夷砲《こういほう》もまた、そうした徐光啓《じょこうけい》の火器改革の一つであった。

不落の要塞、山海関にもまた、豊富な火器が整備されていた。

その城壁の上に、満桂《まんけい》がいた。

地平の向こうから、銃声が鳴った。

弾が飛んでくることはないが、その音は一年前のものとは明らかに違う。

恐らくは西より仕入れた新型のものであろう。間断《かんだん》なく鳴り響いているところを見ると、練度《れんど》も上がってきているようだ。

城壁の上で、満桂《まんけい》は白い息を吐いた。

歩哨《ほしょう》はみな休息をとっている。みな、戦が遠のいてどこか楽観的だ。

月に一度ほど、少々の小競り合いは起きるが、お互いに死人は出ていない。

まるで自らの力量を試すかのように後金は攻めてくる。

こちらは調練を終えたばかりの騎兵を率いて盧象昇《ろぞうしょう》が出る。

しかしぶつかり合うことはなく、まるでじゃれ合うかのように兵が行ったり来たりして、いつの間にか、互いに兵を退かせる。

戦の真似事をしながら、数か月が経とうとしていた。

「これで、よいのか」

「何がです？」

後ろに、黒雲龍《こくうんりゅう》がいた。

黒雲龍《こくうんりゅう》は担いでいた槍を置くと、満桂《まんけい》の隣に腰を下ろした。

「聞かれていたか」

「都から来た役人への対応で、お疲れのようですね」

「いや、話すべきことは全て、正直に話した。しかし問題は別にある」

「袁崇煥《えんすうかん》将軍のことですか」

「兵の士気が、下がっている」

「仕方がないかもしれません」

「仕方がないだと？　お前らしくもない」

「時折、私もこうして銃声を聞きに来るくらいですから」

「銃声を聞ければ満足か？」

「満桂《まんけい》将軍。そちらこそ貴方《あなた》らしくない。臆病将軍とまで言われた慎重な貴方《あなた》が熱くなっている」

「それは、そうだ」

熱くなっているのは、自分だけなのかもしれない。

しかし、湧き上がってくるこの感情はなんなのだ。

「黒雲龍《こくうんりゅう》。袁崇煥《えんすうかん》将軍のことだが」

「やはり、悩みはそちらですか」

「毛文龍《もうぶんりゅう》は、なぜ斬られたのだろうな」

「斬った貴方《あなた》が言うのも可笑《おか》しな話だ」

「私は軍令で斬ったに過ぎない。袁崇煥《えんすうかん》将軍の命でな」

毛文龍《もうぶんりゅう》は、最後まで命乞いをしていた。

手足を縄で縛られながら、斬られる寸前まで額を地面につけて泣き騒いでいた。

その時の袁崇煥《えんすうかん》の表情は、今でも克明に記憶している。

無、であった。

まるで虫けらか何かを見るような眼で、毛文龍《もうぶんりゅう》を見下ろしていた。


「国賊だ。満桂《まんけい》、早く斬れ」

はっと気が付いたとき、自分は、毛文龍《もうぶんりゅう》を斬っていた。

斬るべき男だったのか、時折、自問することがある。

本当に斬るべき者は、別にいるのではないか。

「黒雲龍《こくうんりゅう》。俺は、寧遠での戦で何かを失った気がする」

「失ったのは後金です。ヌルハチは死んだ」

「いや、我らも大きなものを失った。それは、何か熱いものだ。国を想う情熱、いや、それ以上に」

「満桂《まんけい》将軍。やはり貴方《あなた》は疲れているのです。国を護る気構えの男は、此処《ここ》に何人もいます」

「黒雲龍《こくうんりゅう》、聞いてくれ。袁崇煥《えんすうかん》将軍は、俺の心の支えだった。誇りだったのだ」

「確かに、今の袁崇煥《えんすうかん》将軍は目に余るかもしれませんね。貴方《あなた》も、最初から素直にそう言えばいいのだ」

黒雲龍《こくうんりゅう》は立ち上がると、傍にあった槍を肩に担いだ。

「待て、黒雲龍《こくうんりゅう》。何をする気だ」

「私もだいぶ身体がなまってしまったのです。天命がどうのと、虚ろに浸っている方を目覚めさせるには、こうするしかない」

「軍律を犯せば、死罪だぞ」

「どうぞお好きなように。私は、国を護りにきたのです。敵の血を浴びてから死ねるのであれば、本望です」

「私も行こう」

黒雲龍《こくうんりゅう》は一瞬驚いた表情をした。

「意外ですね。慎重さを買われている貴方《あなた》が」

「今、互いの手勢を合わせても歩兵が二百、騎兵が百だ。死ぬかもしれん」

「もっと増えるかもしれませんよ」

「そうであればよいな。では、行くぞ」

満桂《まんけい》らは下におりて、鎧を着た。

数か月ぶりに、身体が締まる感触がした。


それから、直属の兵たちに実戦演習をする旨を告げて、武器や鎧、火器も準備させた。半時も経たないうちに、それはできた。

寧遠の戦い以前は、毎日その訓練ばかり行なっていた。

無敗の将軍、ヌルハチはいつ仕掛けてくるのか分からない。ゆえに、みな不意の敵襲に備えて準備を怠らなかった。

肌が、心が、ひりひりとした感覚がする。

ヌルハチと戦う以前の緊張感が、また蘇《よみがえ》ろうとしていた。

それは旗下《きか》の兵らを見ても分かる。

みな、目の色が変わってきた。

準備を終える頃、祖大寿《そたいじゅ》が慌てた様子でやってきた。

「満桂《まんけい》将軍、これはどうしたことです。出撃の命令は下っていない」

「ほんの実戦訓練だ。なに、ちょっとした散歩だ」

「軍律違反は、死罪ですぞ」

「祖大寿《そたいじゅ》、お前も来るか？」

祖大寿《そたいじゅ》は一瞬迷った表情をしたが、お互いに目が合った瞬間、膝をついて拱手《きょうしゅ》をした。

「私も、御供します。四半刻ほど、お待ちください」

満桂《まんけい》らは北の城門に集結した。

祖大寿《そたいじゅ》とその手勢が準備を終えて合流するまで、四半刻も掛からなかった。

歩兵が五十、騎兵が三十増えた。

「開門！」

満桂《まんけい》の合図で、城門が開いた。

「みな分かっていると思うが、これを訓練と思うな。来るべき大戦の前哨戦と思え！　出撃！」

銅鑼《どら》が鳴った。

槍を持った黒雲龍《こくうんりゅう》が真っ先に飛び出した。

それを追うように、騎兵も後に続いた。

「祖大寿《そたいじゅ》、お前は百の歩兵を率いろ。ゆっくりでいい、私の隊に付いてこい」

「今頃、袁崇煥《えんすうかん》将軍は血相をかえているでしょうな」

「良いのだ。そろそろ、夢から覚めてもらわなければならぬ」

二人揃って、からからと笑った。

暫《しば》く軍を進めると、先の方で銃声が鳴った。

黒雲龍《こくうんりゅう》が、後金軍の演習場近くまで迫ったのかもしれない。

恐らくは、後金の威嚇射撃に違いない。

此方《こちら》が小勢《こぜい》と見て侮っているのか、それともこれまでのように死人もなく終えると踏んでいるのか。

やがて土埃《つちぼこり》が風となって吹いてきた。

随分、深くまで来たようだ。祖大寿《そたいじゅ》を後方に置いたのは正解だったかもしれない。

馬上で槍を振って指揮をする黒雲龍《こくうんりゅう》の影が見える。

騎馬隊はぐるぐると回って土煙を立てている。

「黒雲龍《こくうんりゅう》！　敵はどうした！」

「百歩の距離です！　敵は蛇の頭のように、騎兵、歩兵共に動いています」

「ようし」

満桂《まんけい》が左腕を振った。

配下の兵がみな矢の用意をする。

「弾込め急げ！」

銃を持った三十人が慣れた手つきで即座に弾を込めた。

兵らが、生き生きとしているように思えた。

思えば彼らの多くも志願兵である。

国を護る為に、共に北の果てまで来た。

満桂《まんけい》の身体の底から、血がふつふつと湧いてきた。

兵らの目も、燃えている。

「弓兵《ゆみへい》、構え！」

兵たちが弓を引き絞る。

矢を百歩の距離へ飛ばすことなど、兵らにとっては朝飯前だ。

何度も、調練を重ねてきた。

そうして、寧遠の戦を戦い抜いた。


その自負が熱い魂となり、今もう一度、後金へ叩きつける。

「放て！　矢尽きるまでうて！」

一斉に矢が放たれた。

吸い込まれるように、後金軍へ降り注ぐ。

同時に黒雲龍《こくうんりゅう》の騎兵が動いた。

左から回り込むように進む。

蛇の頭が、断たれた。

後金の歩兵、騎兵とも、進む者と退く者がぶつかり合って、やがてそれは細く真横に伸びた。

「鉄砲、撃ちかけろ！」

三十人の銃兵が引き金を引いた。

横に伸びていた敵兵は格好の的であった。

銃声と共にばたばたと倒れていく。

それをきっかけに、敵が次々と退いていく。

潰走《かいそう》する敵の背後から、黒雲龍《こくうんりゅう》の騎兵が襲い掛かった。

硬く黒い鉄の塊が、敵の背を容赦なく砕く。

黒雲龍《こくうんりゅう》の騎兵は左から真一文字に駆け抜けると、やがて右から戻ってきた。

先頭を走る黒雲龍《こくうんりゅう》が槍を振って、此方《こちら》に合図を送っている。

「満桂《まんけい》将軍！　退きましょう！」

来るものが、来た。

「ようし、撤退！」

満桂《まんけい》は左腕を回し、兵らはすぐさま後方へ走り出した。

次の瞬間、敵が逃げ去った地平の遥か彼方から、凄まじい土煙を上げながら、極彩色の軍団が見えた。地を覆い尽くさんばかりの津波。あれが紛れもなく、ホンタイジ率いる本体であろう。

「黒雲龍《こくうんりゅう》、祖大寿《そたいじゅ》に伝達しろ。敵は津波だ。退いてくる兵を一人残らず纏《まと》めて、急ぎ退け、と」

「承知しました」

黒雲龍《こくうんりゅう》もまた、騎兵を率いて一目散に駆けた。

満桂《まんけい》は残された兵がいないことを確認してから、騎兵の後を追った。

ここからが、本当の戦いだ。

敵の速度との勝負になる。

満桂《まんけい》は一瞬、背後を見た。

純白の軍団が、彼方から迫ってくる。

一糸乱れぬ動き、そしてその驚くべき速度が、一目見て解った。

「こいつは、強いぞ」

満桂《まんけい》の肌が粟立《あわだ》った。

「みな、後ろを見るな！　ひたすら駆けろ！」

騎馬の音が近づいて来る。

満桂《まんけい》の白馬が泡を吹き出し始めた。

後方からの圧力を真面に受けているのか、籠城の期間が長すぎたのか。

「身体を伸ばせ。跳ぶように走れ！」

満桂《まんけい》は白馬の尻を思い切り打った。

漸《ようや》く速度が出てきた。

何時からか、後方からの音は小さくなっていった。

その代わり、夥《おびただ》しい土煙が吹いて来る。

満桂《まんけい》は振り向いた。

白の軍団が退いていく。

自分たちは、勝ったのだ。

「満桂《まんけい》将軍！　袁崇煥《えんすうかん》将軍より伝達！」

前方から、祖大寿《そたいじゅ》の声がした。

遠くの方で、黒雲龍《こくうんりゅう》と祖大寿《そたいじゅ》が手を振っている。

先に退かせた軍は、みな固くまとまっていた。

「袁崇煥《えんすうかん》将軍は、何と言っている？」

「全員、棒叩き百回」

「怒っているな」

「使者によれば、顔を赤くして、机を蹴り上げていたそうです」

「祖大寿《そたいじゅ》、死んだ者は？」

「死んだ者どころか、我らは武器一つ、失ってはおりません」

「久しぶりの勝ち戦だな」

「しかし、袁崇煥《えんすうかん》将軍はお怒りです」

「死罪よりはましだな」

満桂《まんけい》は兵らを見回した。

みな、顔中に砂埃をかぶりながら、眼には光るものがあった。

「同志諸君！　また、時々やろう！」

兵らが一斉に白い歯を見せて笑った。

黒雲龍《こくうんりゅう》も、祖大寿《そたいじゅ》も声を上げて笑っている。

城へ帰ったとき、袁崇煥《えんすうかん》は自分に何と言うのか。

功を労うか、顔をぶたれるか。

しかし、兵らの表情を見ると、それらはどうでも良く思えた。

生きている屍より、ずっといい。

満桂《まんけい》らは、晴れ晴れしい表情のまま、帰還した。

黄土色の砂埃はまだ北より吹いてきたが、空は、曇りなく、蒼々としていた。

第五話　光芒《こうぼう》

崇禎二年（西暦千六百二十九年）八月。この年は、大陸全土が稀にみる冷夏であった。米不足で税を払えぬ農民が田を捨て、山賊や反乱軍に加わることも多かった。

高迎祥《こうげいしょう》ら、延安府《えんあんふ》の反乱軍もまたそういった農民を迎え入れていたが、大抵は妻子を同伴していることもあり、衣食住は満足に保証してやれなかった。

ゆえに、山中に拠点を築き、必要なとき官軍の宿営地を襲って米や銀を奪った。

ところが七日前、思わぬことが起きた。

高迎祥《こうげいしょう》の手勢が官軍の輜重隊《しちょうたい》を襲ったところ、そこに積まれていたのは大量の銀や絹であった。どうやら、地方から順天府《じゅんてんふ》へ運んでいた賄賂の類だったらしい。

数日後、二万の官軍が高迎祥《こうげいしょう》の山塞へ目掛けて進軍している知らせが入った。

高迎祥《こうげいしょう》は山によるつもりでいたが、張献忠《ちょうけんちゅう》らの進言を拒めず、二千の兵を率いて野で戦うことになった。

場所は、山を下りて南へ三里行ったところの荒れ地である。

援軍として、陝西《せんせい》中を転戦していた者たちが加わる予定となっている。

もうまもなく、王嘉胤《おうかいん》自らやってくるという。王嘉胤《おうかいん》が加われば、総勢五千人ほどの軍となる。

とはいえ、反乱軍側は急ごしらえの陣立てである。兵らの練度《れんど》も、官軍に敵わない。

それでも勝てる戦だと、と張献忠《ちょうけんちゅう》は思っていた。

俺がいる側が、勝つ。

張献忠《ちょうけんちゅう》にとって、その根拠のない自信こそが情熱を生み、天賦《てんぷ》の軍才を吐き出す源泉《げんせん》となっている。

幼い頃、村で餓鬼大将《がきだいしょう》を努めていた頃からそうであった。

十歳になって間もない頃、いずこからあぶれ者が五人、食料を奪おうと村にやってきた。

その中には、大人も混じっていた。しかし張献忠《ちょうけんちゅう》は微塵も憶さなかった。

自分が此処《ここ》で死ぬはずがない。

その傲慢《ごうまん》ともいえる自信が、張献忠《ちょうけんちゅう》を大きくしていた。

張献忠《ちょうけんちゅう》は十歳とは思えない怪力で、五人を棍棒《こんぼう》で叩き殺してしまった。

村や家族を護《まも》ろうとなど考えていない。

ただの力試しである。

しかし、この小さな騒動で、張献忠《ちょうけんちゅう》は己の運と実力を確信した。

やがて反乱軍に加わり、一軍を預かる身となっても、根底にある自信は揺らいでいない。

張献忠《ちょうけんちゅう》は現在、八百人の歩兵を率いている。

兵は弱い。強い兵は、みな高迎祥《こうげいしょう》の周りを固めているからである。

それでも、負けることはなかった。

「しかし、やはり弱い」

旗下の歩兵らを眺めながら、張献忠《ちょうけんちゅう》は呟《つぶや》いた。

「だから言ったでしょう。俺は教えるのが下手だと」

張献忠《ちょうけんちゅう》の隣にいる、長身の男が答えた。

槍の調練は、この男に任せている。

名を金王孫《きんおうそん》といい、十日前、張献忠《ちょうけんちゅう》の陣屋に突然現れた。

ただならぬ風格をしていたので話してみると、憑き物とか鬼だとか、訳の分からないことばかり言っていて、胡散臭《うさんくさ》い男だと思った。

しかし、槍の腕は確かだ。

張献忠《ちょうけんちゅう》と試しに打ち合ったが決着は付かなかった。

それでも張献忠《ちょうけんちゅう》自慢の技を三十もかわした。

その上、手加減されている、逆に検分されているようにも感じた。

「金王孫《きんおうそん》、お前には失望したぞ。もう少し役に立つ男だと思っていたが」

「俺の役目は、張献忠《ちょうけんちゅう》殿に憑《つ》いている物を落とすことです」

「訳の分からぬ男だな。この前会った白蓮の者共も胡散臭《うさんくさ》い連中だった」

「白蓮など嘘っぱちの連中です。俺だけを信じてください」

「槍の腕は信じるがな。戦場に拝み屋は不要だ」

何度話しても、この男の胡散臭《うさんくさ》い物言いには慣れない。

「そんなことより、今日は楽しい戦になるぞ。初めての大戦だ」

「城を燃やした男も、来るそうですね」

「李自成《りじせい》か。なかなかに面白そうな奴だ」

李自成《りじせい》。小勢で城を燃やし尽くし、王嘉胤《おうかいん》に大目玉を食らった男。

「俺は噂しか知りませんが、長身の豪傑や、黥面《げいめん》の軍師を従えているとか」

「ほう。それは益々楽しみだ」

「張献忠《ちょうけんちゅう》殿。貴方《あなた》はそれらを自分の元に置きたいと考えている」

「悪いか？」

「もし、李自成《りじせい》たちがそれに収まる器でなかったなら、貴方《あなた》はどうするつもりですか」

「殺すだけだ」

西から黄色い風が吹いてきた。

半里ほど先に、王嘉胤《おうかいん》の軍勢が見えた。

「王嘉胤《おうかいん》の兵は、ざっと四千人といったところか」

王嘉胤《おうかいん》が率いている兵は、聞いていた人数よりずっと多い。

府谷《ふこく》の陣屋や他の山塞、燃えた県城にも兵を残していることを考えれば、その規模は半年前からは想像がつかないほど飛躍している。

県城を焼いた事実が、何らかの尾ひれをつけて広まったのかもしれない。

「話に聞くより多いですね。白蓮の徒もいるようですが」

「胡散臭《うさんくさ》い奴らの群れ、といったところか。戦の役に立つかは分からんが」

一刻ほど後に、簡単な陣屋が築かれた。

それでも、七千人前後の兵を収容するには到底足りない。

仕方がなく藁《わら》を敷いて、多くの兵はそこに腰を下ろしている。

張献忠《ちょうけんちゅう》は金王孫《きんおうそん》を連れて陣屋を回った。

しかし、戦いの前とは思えないほど、気の抜けている者が多い。

武器を放って仲間と談笑している者はまだ良い方で、行軍に疲れてすっかり眠りこける者や、挙句の果てには鎧姿のまま博打《ばくち》に興じる者もいる。

天に向かって一斉に念仏を唱え続ける白蓮の徒の方が、まだ頼れるのかもしれない。

「戦いにならんな、この有様では」

「張献忠《ちょうけんちゅう》殿も、薄々感じていたのでは？」

「急ごしらえの援軍など、最初からあてにはしていない」

「しかし、陣屋の外の兵らは、多少ましに思えますが」

「陣屋の外？」

金王孫《きんおうそん》が指をさした向こうには、整列した兵たちがいた。

数は三百人ほどだが、腰を下ろす者は一人もいない。

「いい顔をしている」

よく見ると、兵らの槍は柄こそ汚れているものの、切っ先はよく磨かれている。鎧もまた、傷は多いがほつれている箇所はない。

「精兵だな。指揮官は誰だ」

金王孫《きんおうそん》を始めみなが首をかしげていたとき、黥面《げいめん》の大男がやってきた。

「張献忠《ちょうけんちゅう》殿だな？」

「お前が、あの兵らの指揮官か？」

「いや、俺は李巖《りがん》という。半年前から、李自成《りじせい》の軍師をしている者だ」

「そうか、李自成《りじせい》殿の兵か」

「張献忠《ちょうけんちゅう》殿は、虎のように勇ましいと聞いている」

「城を燃やす軍師にはかなわんよ」

「李自成《りじせい》が待っている。共に行こう」

張献忠《ちょうけんちゅう》と李巖《りがん》は笑い合うと、兵らの間を進んだ。

「ここの兵は、よく調練しているな」

「あてがわれた兵は六百人いた。半年で半分減った」

「何人死んだ？」

「五十人ほどかな」

「金王孫《きんおうそん》！　聞いたか？お前は兵に甘すぎるのだ」

「俺はただの道士です」

兵の列を過ぎたとき、長身の男が拱手《きょうしゅ》をして此方《こちら》を向いていた。

脇には、長身の豪傑や、黒い鬼も控えている。

「私が、李自成《りじせい》です」

いい声だ。

張献忠《ちょうけんちゅう》もまた拱手《きょうしゅ》した。

「張献忠《ちょうけんちゅう》だ。会えて光栄に思う」

「こちらこそ」

「城を燃やしたと聞いたが、本当か？」

「燃やしたのは、わが軍の軍師です」

多くは喋《しゃべ》らない男らしい。

年齢は同じくらいと聞いていたが、李自成《りじせい》の方がずっと若く見える。

「それにしても、貴殿の武将には異相《いそう》が多いな。どれも、覇気がある」

「この大男は私の義弟《おとうと》、劉宗敏《りゅうそうびん》です。大槍《おおやり》をよく使います」

「ほう、まさに豪傑だな。こちらの、鬼は？」

黒い鬼はじっと此方《こちら》を見つめている。

よく見ると黒い顔は仮面のようだが、間から殺気が漏れている。

「この鬼は、馬竜媒《ばりゅうばい》といいます。軍師の妻です」

「軍師殿の？」

張献忠《ちょうけんちゅう》は思わず噴き出しそうになった。

「なるほど、確かに似合いかもしれん」

「私の軍師は傲慢な男ゆえ、ご不快に思われたでしょう。お詫び致します」

「いや、これ位の方が、此方《こちら》も遠慮せずに済む」

張献忠《ちょうけんちゅう》が笑いかけると、李巌《りがん》が徐《おもむろ》に白い歯を見せた。

「俺は確かに傲慢だが、遠慮もせず正直だ。そこで、張献忠《ちょうけんちゅう》殿に頼みがある」

「ほう。俺にできることなら、引き受けよう」

「安いことだ。今回の戦は、俺の命令に従ってくれ」

「何だと？」

張献忠《ちょうけんちゅう》の眉が動いた。あからさまに、不快な表情を浮かべている。

背後の金王孫《きんおうそん》も訝《いぶか》しんだ眼をしている。

「その代わり、軍功も、戦利品も、お前に全部やる。お前の率いる弱兵も半分は死ぬだろうが、強い軍になるぞ」

「待て。それでは、お前たちは何を得る？　戦って一文も得られなければ、無駄骨を折ったことになるぞ」

「いや、俺たちは大きな収穫を得る」

「それは、何だ？」

「大戦での経験だ。俺たちはこれまで、ここまでの戦をしてこなかった」

「兵を鍛える為に、この戦に参加したのか？　それは甘いぞ、李巌《りがん》。今回は、官軍相手の総力戦だ。そう簡単には勝てん」

「勝つつもりなど、最初からない。この戦いは、負けが決まっている」

「勝つつもりがない戦い方などに、俺は従わん」

「このままゆけば、お前まで死ぬぞ？　張献忠《ちょうけんちゅう》」

「何？」

張献忠《ちょうけんちゅう》の顔が真っ赤に変わったとき、李自成《りじせい》が間に入った。

「軍師の傲慢無礼《ごうまんぶれい》な物言いはお詫び致します。どうか、話を最後まで聞いてやってくださいませんか？」

「よかろう。理《ことわり》に合わぬことを言えば、李自成殿の軍師だろうと、首を刎《は》ねるぞ」

「お前の理《ことわり》に合うかは分からんが、説明してやろう。今回の敵将は呉襄《ごじょう》という。采配に関してはまあまあの腕前だな」

「呉襄《ごじょう》は俺も知っている。反乱鎮圧に追われて東奔西走している男だ」

「そうだ。だからこそ、こちらを熟知している。最初の衝突で、決着が付くだろう。そこで我々が、先鋒を務める」

「敵は我らに勝る数だ。それこそ、命を落とす」

「よいか。敵は定石《じょうせき》どおり鶴翼《かくよく》でくる。そこで、翼の一角を突くのだ」

「そう上手くゆくものか」

「敵の右翼は、若い将が指揮をしている。あれは勇猛だが、まだ戦を知らん」

「戦ったことがあるのか？」

「戦ったことはない。だが、奴の調練は竜媒《りゅうばい》を通して見た」

「話にならんな。一歩間違えば、全滅だ」

「前に進んで生きるか、退いて死ぬかだ。右翼を突っ切ったあと、我々は東へ一里先の山塞《さんさい》に逃げ込む」

「そんなところに山塞などない」

「ある。二日前、俺たちが造った」

「造っただと？」

「正しく言えば、三日前、俺はここの戦場を選んだ。この辺りはよく砂埃がたつ。一里先の急造した山塞など誰も気が付かない」

「馬鹿な。お前は、最初から此処《ここ》が戦場となることを予測していたのか」

「馬鹿でも分かる。それに初めから、互いの軍に間者を潜り込ませてある。無論、お前の部隊にもいる。陝西《せんせい》は、全て俺の手の内にある」

「貴様ッ！」

「張献忠《ちょうけんちゅう》。白蓮の徒を、龍華会《りゅうかかい》を侮るな。あれは、戦場では役に立たんが、存外使える奴らだ。信仰の力を甘く見るな」

張献忠《ちょうけんちゅう》が剣に手をかけたとき、再び李自成《りじせい》が間に入った。

「張献忠殿《ちょうけんちゅう》。貴殿は、怒って当然です。しかしここは、この無礼な軍師に、かけてみませんか？　無論、兵は失いますが、我々はそれ以上に、多くを得るでしょう」

その間に、金王孫《きんおうそん》も入った。

「良い話だと思いますよ、張献忠《ちょうけんちゅう》殿。李巌《りがん》殿の策にのれば、この戦いにおいて、最も得をするのは貴方《あなた》だ」

張献忠《ちょうけんちゅう》は肩を震わせて怒っていたが、二人の言葉で、幾らか冷静さを取り戻しつつあった。張献忠《ちょうけんちゅう》はぐっと唾を呑んだ。

「よかろう、李巌《りがん》。ひとときだけ、お前の旗下に入ろう。だが忘れるな。俺の理《ことわり》に反したときは、自由にやらせてもらう」

「決まりだな。まあ、損はさせんよ」

張献忠《ちょうけんちゅう》と金王孫《きんおうそん》は拱手《きょうしゅ》すると、無言のまま立ち去った。

二人が去ったのを見てから、李自成《りじせい》は李巌《りがん》の前に立った。

「軍師、ああも怒らせる必要はあったのか？」

「ないな。俺の言い方が悪かったらしい」

「お前は確かに無礼で傲慢で恐ろしい奴だ。だが、いずれ道を誤るぞ」

「道を誤るのはお前の方かもしれんぞ、李自成《りじせい》。お前は志に仮面をつけて歩いている男だが、仮面は仮面だ。そのうち、破れるし、剥がれる」

「上手いことを言うものだ」

「その分、俺は正直だからな。損をしても、なんとなく満足できる」

「俺が怒ったときは、代わりに義弟《おとうと》が怒ってくれる。相手を怒らせるときは、代わりにお前が怒らせてくれる。そして最後は、俺が宥《なだ》めればよいのだな」

「そうだ。お前は、最も楽をして、天下を手にすることができるという訳だ」

「軍師。張献忠《ちょうけんちゅう》は、どうだった。やや直情的に思えたが」

「お前も、似たようなものではないか。あれもまた、易々《やすやす》と人の下に付く男ではない」

「似た者同士、か」

「張献忠《ちょうけんちゅう》はこれからも必要な男だ。仲良くしておけ」

「それくらいのことは分かっている」

「分からぬぞ？　お前は激《げき》しやすいからな。間違えても、今は斬るなよ」

「軍師の話を聞いていると、今すぐ斬らねばならぬ相手に思えてくるな」

「それ見たことか」

二人は藁《わら》の上に腰を下ろした。軍議まで、いくらか時間がある。

李巌《りがん》は懐から筆と紙を取り出した。

「軍師。お前は最近、高迎祥《こうげいしょう》と盛んに書簡のやり取りをしているな」

「気になるか？」

「勿論だ。俺の知らぬところで、事が動くのは気に入らんな」

「白蓮の連中を通じて、高迎祥《こうげいしょう》とは連携を深めてゆかねばならん」

「高迎祥《こうげいしょう》が、それほどの人物とは思えないが」

「奴は王嘉胤《おうかいん》と同じで、臆病でどうしようもない奴だ。だが、物事には順序がある」

「高迎祥《こうげいしょう》の配下には、張献忠《ちょうけんちゅう》のような男もいる。確かに、手を組むのは悪くないかもしれんな」

「その通りだ。白蓮の連中も、それなりに使える。

手を組んで損はない」

「お前が編成している白蓮の間者集団もそろそろでき上がるのか？」

「もう間もなく形になるところだ。それともう一つ、俺はある勢力に目を付けている」

「もう一つの勢力だと？　江南の反乱軍と手を組むのか？」

「江南は遠すぎる。まあ、奥の手だ」

李巌《りがん》はそれ以上、何も語らなかった。

暫《しばら》くした頃、二人の背後に人影が現れた。

李巌《りがん》が、目を輝かせながら振り向いた。

「戻ったか。何人斬った？」

「四十八人、斬りました。李巌《りがん》様」

答えたのは、商人姿の男だった。

名を、王九思《おうきゅうし》という。李巌《りがん》が抱える間者集団の頭目の一人である。

顔は細長で青白い。小柄であるが、俊敏な身のこなしで剣の腕も立つ。

元は龍華会《りゅうかかい》に所属していた白蓮の徒である。

しかし二か月前、竜媒《りゅうばい》の推薦で、李巌《りがん》に雇われていた。現在は、東廠《とうしょう》の間者を相手に暗闘を続けている。

東廠《とうしょう》は魏忠賢《ぎちゅうけん》の死後、徐光啓《じょこうけい》が中心となって再編成された。数は減ったが、質は大きく上がっている。

「四十八人か。くすりは、効かなかったな」

李巌《りがん》はややがっかりした表情を浮かべた。

県城を焼いてから、東廠《とうしょう》は李自成《りじせい》に目をつけて、月に五十人前後の間者を送っていた。李巌《りがん》は李自成《りじせい》に手柄を全て王嘉胤《おうかいん》に譲らせて、東廠《とうしょう》の目を逸らそうとしたが、上手くいかなかったらしい。

「こちらは何人死んだ？」

「手傷を負った者は二人。死人はおりません」

「そうか。それならまだいい」

「軍師よ。東廠《とうしょう》は俺を殺そうとしているのか？」

「まだ、泳がせる気でいるらしい。殺すときは、一人でくる」

「しかし五十人か。城を焼いてから、俺も人気になった」

「嬉しそうだな。だが、それもこの戦いで変わる」

「分かっている」

二人はからからと笑った。王九思《おうきゅうし》は、いつの間にか姿を消した。

暫《しば》くした頃、李自成《りじせい》のところへ、軍議への参加を呼び掛ける使者が遣わされた。

李自成《りじせい》は、李巌《りがん》と劉宗敏《りゅうそうびん》を伴って、王嘉胤《おうかいん》の陣屋に向かった。

陣の中では、王嘉胤《おうかいん》と高迎祥《こうげいしょう》が酒を飲みながら、笑い合っていた。

二人は挙兵の頃からの親友で、互いを兄弟のように接していた。

王嘉胤《おうかいん》と高迎祥《こうげいしょう》が奥に椅子を並べて座っており、手前の両列に反乱軍の指揮官らが藁《わら》に腰を下ろしている。その中には、張献忠《ちょうけんちゅう》もいた。李自成《りじせい》は末席の藁《わら》へ着座した。


「見よ、高迎祥《こうげいしょう》。あれが、噂の男だ」

「おお、城を焼いた指揮官ですな」

王嘉胤《おうかいん》は李自成《りじせい》を指さして薄笑いを浮かべた。

李自成《りじせい》は、黙って俯《うつむ》いている。

王嘉胤《おうかいん》の酒癖の悪さは有名であった。

普段はどこにでもいるような男だったが、酒を飲んだ途端、己を大英雄と過信して、部下を罵《ののし》る悪癖がある。

「李自成《りじせい》！　此方《こちら》に来て、高迎祥《こうげいしょう》に酒を注げ。城を焼いた話でもせよ」

王嘉胤《おうかいん》の言葉に、李自成《りじせい》の傍らにいた劉宗敏《りゅうそうびん》の顔が真っ赤になった。

「おいッ！　兄者を侮辱すると許さんぞ！」

「ああ、お前は李自成《りじせい》の義弟《おとうと》だったな。できの悪い弟を持つと苦労するぞ、李自成《りじせい》」

「俺の悪口は幾ら言ってもよい。だが、兄者を侮辱すれば、総大将といえども斬るぞ！」

「斬る、と言ったか」

「ああ、斬るとも！」

「反逆者だ。だれか、あの阿呆を斬れッ！」

指揮官たちが一斉にざわついた。

李自成《りじせい》が、王嘉胤《おうかいん》の前に進み出て拱手《きょうしゅ》した。

「義弟《おとうと》の不始末は、兄の不始末。義弟《おとうと》を斬るのであれば、まず私の処断を願います」

「丁度いい。まとめて処断してやる」

酔った王嘉胤《おうかいん》が剣を抜いたとき、隣の高迎祥《こうげいしょう》がそれを制した。

「王嘉胤《おうかいん》、いや兄弟。こんなことで将を斬っては、士気に関わるぞ」

「高迎祥《こうげいしょう》。お前は、あの無礼者たちを庇《かば》うのか」

「罪は、戦場で償うのが常識だ。それに、お前が侮辱されたら俺も怒る」

「そうか」

王嘉胤《おうかいん》はすんなり剣を鞘《さや》に納めた。

激した分、酔いも幾らか和らいだようだった。

指揮官たちが胸を撫でおろしたとき、陣の外から斥候《せっこう》が駆け込んできた。

敵の数は、二万。

率いる将軍は呉襄《ごじょう》。

東へ二里進んだ場所で、鶴翼《かくよく》を敷いている、という知らせだった。

「どうする、王嘉胤《おうかいん》。敵は鶴翼《かくよく》で俺たちを挟み込もうとしている」

「敵が鶴翼《かくよく》なら、こちらは魚鱗《ぎょりん》でいこう。俺は後方で指揮をとる。先鋒は、李自成《りじせい》だ」

指揮官たちが、また一斉にざわつき始めた。

鶴翼《かくよく》に対して魚鱗《ぎょりん》は定石《じょうせき》であったが、兵の数が倍以上違う。先鋒が命を落とす可能性は高い。これが王嘉胤《おうかいん》の報復であるのは、誰の目から見ても明らかだった。

そんな中、張献忠《ちょうけんちゅう》が進み出た。

「王嘉胤《おうかいん》将軍。先鋒が李自成《りじせい》殿のみでは荷が重い。どうか、私も先鋒に任じてください」

王嘉胤《おうかいん》は目を見開いた。隣の高迎祥《こうげいしょう》は、もっと驚いていた。

「よかろう。先鋒は、李自成《りじせい》と張献忠《ちょうけんちゅう》」

一刻の後、陣は引き払われた。

反乱軍は魚鱗《ぎょりん》のまま、東を向けて進発した。

その先頭には、李自成《りじせい》と張献忠《ちょうけんちゅう》が並んで進んでいる。

もうまもなく、官軍の鶴翼《かくよく》が見える頃だった。

「なあ、李自成《りじせい》殿。貴方《あなた》は本当に、王嘉胤《おうかいん》に斬られる気であったのか？」

「どういう意味です？」

「俺が貴方《あなた》の立場なら、迷うことなく王嘉胤《おうかいん》を斬った」

「滅多なことを言ってはいけません」

「俺は貴方《あなた》と、腹を割って話したいのだ。男として」

「私は勇気だけが長所の、愚鈍な男です」

「いや、違う。三百の兵は、みな貴方《あなた》を信じ切っている。心酔しているといってもよい」

「軍師の手際がいいのでしょう。私は、何もしておりません」

「違う。貴方《あなた》は胸に大志を抱いている。俺には分かる」

「張献忠《ちょうけんちゅう》殿は、私を買いかぶっているのです」

「李自成《りじせい》殿。貴方《あなた》はそれを隠せていない。何故、俺が気付いたと思う？」

「それは、何故？」

「声、だ。貴方《あなた》の声は全ての人を酔わせる。志は隠せても、声はそういかない。軍師にも、そう注意を受けているのではないか？」

李自成《りじせい》は、答えなかった。

「李自成《りじせい》殿。もう一度言う。俺は男として、貴方《あなた》と話したいのだ」

「男として、ですか」

李自成《りじせい》が考えるように俯《うつむ》いた。そして暫《しばら》くたった頃、顔を上げた。

「張献忠《ちょうけんちゅう》殿は、人を殺《あや》めたことはありますか？」

「当たり前だ。十歳の頃、村を襲った奴らを叩き殺した。それから、官軍や、自分の兵も殺した」

「人を殺めることに、何か、思うことはありますか？」

「ないな。それが、俺の道だと思っている。俺は俺自身の手で、栄光を掴みとる」

「私も、同じです。自分の生を、力を、全てを信じ切る。それらのことに、恐れや後悔もない」

「李自成殿《りじせい》、貴方《あなた》と俺は似ている」

「それが、男というものでしょう」

「では李自成殿《りじせい》、単刀直入に言おう。俺は、貴方《あなた》を敵に回したくない」

「貴方《あなた》の旗下に加われ、と？」

「そうだ」

「では、こうしましょう。この戦いの中で、天命を試しましょう」

「天命だと？」

「この戦いが終わったとき、私を旗下に加えたいと思ったなら、喜んで旗下に入りましょう」


「それは、本当だな？」

「男の言葉に、偽りはありません」

張献忠《ちょうけんちゅう》は、一瞬喜んだ表情をしたが、少したつと、訝《いぶか》しむような表情になった。

天命を試す。李自成《りじせい》の言葉に、張献忠《ちょうけんちゅう》はどこか居心地の悪さを感じた。

己が、何かを試されているような気もした。

李自成《りじせい》は、俺に何をさせようとしているのか。

張献忠《ちょうけんちゅう》は馬の背を見つめながら、手綱をぎゅっと握りしめた。

東から風が、砂埃《すなぼこり》と共に吹いてきた。

前方から、反乱軍の斥候《せっこう》がやって来た。

「申し上げます。敵は鶴翼《かくよく》のまま、行軍を止めています。此方《こちら》を待ち構えているものかと」

張献忠《ちょうけんちゅう》は、隣の李自成《りじせい》を見た。

眉一つ、動かしていない。どこか遠いところを見つめている眼だ。

「李自成殿《りじせい》。軍師の策によれば、右翼を狙うのだな」

「正面から勢いのままぶつかれば、間違いなく此方《こちら》は全滅でしょう。私は、軍師の策に従います」

「ようし、行こう」

張献忠《ちょうけんちゅう》は、馬の腹を蹴った。

「全軍、行くぞ！　俺に付いてこい！」

張献忠《ちょうけんちゅう》は得物の槍を振ると、真っ先に駆けだした。後から李自成《りじせい》たちも続く。

千歩の距離（おおよそ八百米）に、官軍の陣が見えてきた。

二万ともなれば、その鶴翼《かくよく》も壮大なものだった。斥候《せっこう》の知らせ通り、此方《こちら》を待ち構えている。

張献忠《ちょうけんちゅう》は駆けながら、槍を右に何度も振った。馬の左腹を蹴る。

張献忠《ちょうけんちゅう》を先頭に、先鋒の部隊が右翼の中へ突っ込んだ。

凄まじい衝撃だった。両軍共に、ぶつかり合った際の振動が、波のように響いた。張献忠《ちょうけんちゅう》は、繰り出される何本もの槍を弾き飛ばしながら進んでいく。

「李自成《りじせい》！　死んでないだろうな！」

振り向くと、李自成《りじせい》の両脇に、劉宗敏《りゅうそうびん》と李巌《りがん》がぴたりと付いていた。二人が得物《えもの》を一閃《いっせん》する度に、血の飛沫が舞った。李自成《りじせい》もまた、剣を振っている。

やがて張献忠《ちょうけんちゅう》の右後方から、白銀の鎧を血に染めた金王孫《きんおうそん》が上がって来た。

「張献忠殿《ちょうけんちゅう》！　後方が、遅れています！」

王嘉胤《おうかいん》、愚かな男だ。

少しでも速度を落とせば、左翼と中央から挟み撃ちを受けるに違いない。

「金王孫《きんおうそん》！　お前は拝み屋だろう！　右翼の将はどこにいる！」

「そんなものは知りません」

「お前はとことん役に立たん男だ！　将を見つけ出せ！」

張献忠《ちょうけんちゅう》の前に、金王孫《きんおうそん》が出た。

朱槍を振る度に、敵兵が人形のように飛んでいく。

その道に沿って、張献忠《ちょうけんちゅう》も続く。

やがて、遠くの方で、若い男が見えた。明らかに、他の兵士たちとは異なる鎧を着ている。

見えた！

しかし、若い男はすぐに多数の兵の囲みへと消えた。

「見えたぞ！　金王孫《きんおうそん》、どけ！」

今度は張献忠《ちょうけんちゅう》が前に出た。

若い将が見えた方へ、馬を全速力で走らせる。

「張献忠殿《ちょうけんちゅう》！　無茶です！」

背後で金王孫《きんおうそん》が叫んだ。

無謀かもしれない。

しかし、俺の天命は、絶対に揺るがない。

試されているのだ、俺は、男として、試されているのだ。

張献忠《ちょうけんちゅう》は槍を真横に一閃《いっせん》した。

敵の兵士たちが、一斉に血しぶきをあげて倒れた。

若い将が、再び見えた。

張献忠《ちょうけんちゅう》はその方向へ、槍を突き出した。

手応えがあった。

若い将が苦悶の表情を浮かべたのが見えた。

再び馬を突っ込ませる。

張献忠《ちょうけんちゅう》は左手を伸ばした。

倒れゆく若い将の直垂《ひたたれ》を、張献忠《ちょうけんちゅう》が掴んだ。

「捕《と》った！　捕《と》ったぞッ！」

「張献忠殿《ちょうけんちゅう》、急ぎ李自成《りじせい》らの方へ！」

金王孫《きんおうそん》の声が聞こえた。

振り向くと李自成《りじせい》が歩兵らを率いて、翼の外へ道を作りつつあった。

張献忠《ちょうけんちゅう》は若い将を地面に引きずりながら、馬を飛ばした。

翼の外に続く道ができた。

李自成《りじせい》らの作った道へ駆けた。

あとは一里先の山塞まで、駆けるのみだ。

張献忠《ちょうけんちゅう》は、駆けた。

後ろを振り向くと、追ってくる者はいなかった。

遠くの方で、逃げ遅れた王嘉胤《おうかいん》たちの兵が、追い散らされている。

剣を抜いて抗《あらが》おうとする者も、武器を捨てて逃げようとする者も、官軍の濁流にのまれていく。

李巌《りがん》の言う通りだった。反乱軍は最初の衝突で、李自成《りじせい》と張献忠《ちょうけんちゅう》の部隊以外崩れ去っていたのである。

張献忠《ちょうけんちゅう》は前へ向くと、馬の腹を蹴った。

王嘉胤《おうかいん》らは死ぬであろうが、どうでもよい。

今は、東へ駆けるのみだ。

そのうち、張献忠《ちょうけんちゅう》の馬が泡を吹きだした。

馬の尻を鞭で叩いたが、徐々に速度が落ちていった。

前脚を引きずるようにして走っている。

どうやら突っ込んだときに、脚を怪我したらしい。

張献忠《ちょうけんちゅう》は追手がいないことを確認すると、馬から降りた。

左手で掴んでいた若い将も、下ろしてやった。

肩から血が出ているが、息はしている。

「お前、生きていたのか」

「なんという屈辱だ。早く殺せ」

若い将は土埃にまみれながら蹲《うずくま》っている。佩《は》いていた剣も、無くしたらしい。

「お前は生け捕りだ。兵らの前で、ゆっくり殺してやる」

「今殺せッ！」

「一軍の将が泣くな。これ以上、男を下げるのはよせ」

「泣いてなどいない」

「名は何という」

「お前などに名乗らん」

「お前、呉襄《ごじょう》の息子の、呉三桂《ごさんけい》か？」

若い将が、はっとした顔で張献忠《ちょうけんちゅう》を見た。

張献忠《ちょうけんちゅう》もまた驚いた。

いい加減なことを言ったつもりだったが、当たっていたらしい。

「違う！　俺は呉三桂《ごさんけい》ではない！」

嘘をつくのが下手な男らしい。張献忠《ちょうけんちゅう》はからからと笑った。

背後から蹄《ひづめ》の音が聞こえた。張献忠《ちょうけんちゅう》が振り向くと、李自成《りじせい》がいた。

「張献忠殿《ちょうけんちゅう》、そちらの捕虜はどなたですか？」

「呉襄《ごじょう》の息子の、呉三桂《ごさんけい》というらしい」

若い将は俯《うつむ》いたまま、何も答えなかった。

「らしい、とは？」

「名乗らんのだ。最も、でき得る限り惨《むご》く殺すつもりだが」

李自成《りじせい》はうなずくと、馬を降りて、若い将の前に立った。

「お前には、名乗る名前もないのか」

若い将は答えなかった。

その時、鈍い音が鳴った。

張献忠《ちょうけんちゅう》は目を見開いた。

李自成《りじせい》が、若い将の右頬を拳で打っていた。

「捕らえられたことで、父の名を、辱《はずかし》めると思ったのか」

「そうだ」

「偽るな」

また、鈍い音がした。次は、左頬を打っていた。

「お前は自分の弱さを誤魔化して、言い訳をしているだけだ。違うか？」

若い将は、答えない。

再び、右頬を打った。

「お前は、敗軍の兵に捕らえられたのだ。甘えるな！」

若い将は、何かを言おうとした。

李自成《りじせい》はすかさず、右頬を打った。

「父の名と誇りを、己の甘さの言い訳に使うな！」

「呉三桂《ごさんけい》だッ！」

若い将が叫んだ。

「俺は呉三桂《ごさんけい》だ。もう、ぶたないでくれ」

「いいか、呉三桂《ごさんけい》。戦場は子供の遊び場じゃない」

「ぶたないでくれ」

「戦場とは、男と男が、己の天命を賭けて殺し合う場だ。それを、知っているな?」

呉三桂《ごさんけい》は、恐る恐るうなずいた。

すぐに、李自成《りじせい》が右頬を打った。

「男として、己の天命を偽ってはならんのだ。それを、お前は父の名と共に汚そうとしたのだ!」

右頬を打った。

呉三桂《ごさんけい》は顔を青ざめながら、震えている。

「恥を恥とも思わぬ者は、もう二度と、戦場に出るな!」

李自成《りじせい》がまた、右頬を打った。

呉三桂《ごさんけい》は仰向けに倒れて、動かなくなった。

「張献忠殿《ちょうけんちゅう》、この者は、此処《ここ》に置いていきましょう。斬る価値もない。王嘉胤《おうかいん》以下だ」

「ああ、そうしよう」

張献忠《ちょうけんちゅう》はうなずくと、馬に跨《またが》った。

李自成《りじせい》もまた、呉三桂《ごさんけい》を一瞥《いちべつ》してから馬に跨《またが》った。

二人は東の山塞に向けて駆けだした。


互いに何も喋らなかったが、暫《しばら》くした頃、張献忠《ちょうけんちゅう》が口を開いた。

「李自成殿《りじせい》、俺は、貴方《あなた》を旗下に加えたくない」

「それは、何故です」

「我らは、似過ぎている。鏡のようといってもよい」

「私も同じことを考えていました。お互いに、天命を容易《たやす》く試そうとする」

「それをするのは、一軍に一人で十分だ」

「まったくですな」

二人は東へ駆けながら、大きく笑った。

一方、西の方角では、逃げ遅れた反乱軍の兵士たちが、官軍の執拗な追撃の餌食となっていた。

勝負は一度目の衝突で決した。

まともに戦えたのは李自成《りじせい》と張献忠《ちょうけんちゅう》の部隊くらいで、左の翼と当たった反乱軍の前衛は、雪崩を打ったように潰走《かいそう》した。

王嘉胤《おうかいん》は最も後方に陣取っていたが、突然反転してきた前方の味方部隊に圧し潰されて、戦わずして逃亡した。

率いてきた四千人のうち、王嘉胤《おうかいん》の周囲を護っているのは十人足らずとなっていた。

王嘉胤《おうかいん》は、戦場から最も近い山塞へ向かった。

今は生きて、再起を計るべし。

王嘉胤《おうかいん》の心は、生き残ることに集中していた。

府谷《ふこく》の陣屋や他の山塞、燃えた県城に残しているいる兵を合わせれば、おおよそ千人弱いる。

生き残りさえすれば、再起も十分可能だった。

王嘉胤《おうかいん》は剣で自慢の顎鬚《あごひげ》を切り落とすと、鎧兜を脱ぎ捨て、敗残兵に紛れて昼夜を駆けた。そして漸《ようや》く、最も近い山塞にたどり着いた。

しかし、いざ山の中へ入ってみると、簡素な門や柵はあるものの、小屋が一つ立っている有様だった。

それでも、雨風がしのげるなら大分ましに感じた。

王嘉胤《おうかいん》は小屋に入ると、藁《わら》の上に寝転がった。

官軍に殺される恐怖は、いつの間にか噴き飛んでいた。


そのまま、王嘉胤《おうかいん》は微睡《まどろみ》の中へ落ちた。

一年前、府谷《ふこく》で立ち上がった時から今までの記憶が、走馬灯のように去来《きょらい》した。

あのとき、自分は一人だった。

我ながら、無謀だったと思う。

しかし、高迎祥《こうげいしょう》を始め、多くの仲間たちは、自分を盛り立ててくれた。

決してその器量でないことくらい、自分が一番分かっている。

多くの者は自分の容貌に惹《ひ》かれたに違いない。

それでも、大きく強い大将になりたかった。

そんなあるとき、不思議な男が現れた。

李自成《りじせい》。

力が強い訳でもなければ、それほど利口そうにも思えなかった。

それでも、李自成《りじせい》が声をかければ、みながその通りに動く。

羨ましかったし、妬《ねた》ましかった。

何故、李自成《りじせい》ばかり。

王嘉胤《おうかいん》は、目を覚ました。

周囲に人はいない。

付き添っていてくれた部下たちもまた、自分を見捨ててしまったのだろうか。

それでもいい。また一人から始めればいい。

王嘉胤《おうかいん》は鉛のように重い身体を引きずりながら、小屋の外に出た。

緑が眩しく、鳥の声が心地よい。

挙兵する前は、一人の百姓として、自然の中で生きてきた。

これからは、李自成《りじせい》らに任せればよいのかもしれない、という考えにもなってきた。

また一人で、始めればいい。

王嘉胤《おうかいん》は身体を伸ばした。

そのとき、背から胸にかけて、焼けるような熱さを感じた。

剣の切っ先が、胸の外へ飛び出していた。


王嘉胤《おうかいん》は赤い血を吐くと、その場に倒れこんだ。

目の前に、その剣を持った男が見える。

「俺は盟主だぞ。お前は、誰だ」

「俺か？　俺は董生《とうせい》という。李巌《りがん》様に雇われている間者さ」

顔に幾つもの切り傷がある、背の高い男だった。

腰に何本も刀を差している。間者というより、武芸者のようにも思えた。

「李巌《りがん》の差し金か。しかし、俺を殺したところで、反乱軍は纏《まと》まらんぞ」

「心配はいらない。あんたの代わりは、高迎祥《こうげいしょう》がしてくれる」

「高迎祥《こうげいしょう》だと？」

「高迎祥《こうげいしょう》も言っていたぞ。あとは任せろ、と」

「そうか。高迎祥《こうげいしょう》まで、俺を、裏切ったのか」

王嘉胤《おうかいん》の胸から喉にかけて、上《のぼ》ってくるものがある。

真っ赤な血が口から噴き出たとき、王嘉胤《おうかいん》の時は、止まった。

第六話 微《まど》睡《ろみ》

崇禎二年（西暦千六百二十九年）、九月。

南から、熱い風が吹いていた。

今年は稀にみる冷夏が大陸を包んでいたが、まるで人々の熱気がそれを押し返したかのようだった。

北京で激務に追われている徐光啓《じょこうけい》もまた、その熱さを感じ取っていた。

大陸全土を覆《おお》い尽くす怒りの炎が、民の中に芽生えている。

いや、既に起きているといってもよい。

徐光啓《じょこうけい》は一か月前、胃の痛みで倒れていた。

侍医の診断は、心《しん》の病だった。

薬を飲み、ゆっくり療養すれば命は長らえると言われたが、徐光啓《じょこうけい》にとって、一日の長さは命よりも代え難かった。

自分の身体のことは、何よりも自分が一番知っている。

このままゆけば、もう一、二年後には命を落としているだろう。

それでも、やらねばならない。

国の病。それを除くのが、宰相《さいしょう》である自分の責任だった。

徐光啓《じょこうけい》は、判を押しながら、目をこすった。

眠気はないのだが、視野もぼやけてきている。

南蛮渡来の妙薬も、効かなかったらしい。

徐光啓《じょこうけい》は、ため息をついた。

執務室の扉が開いた。

やってきたのは、倪元路《げいげんろ》だった。

倪元璐《げいげんろ》は、周延儒《しゅうていじゅ》より一歳若い官員である。特段、頭が切れる訳ではないが、詩文や書画の腕を買われて入閣《にゅうかく》した。

徐光啓《じょこうけい》は、この男が嫌いではなかった。国に対しての思いは、人一倍ある。しかし、周延儒《しゅうていじゅ》と同じく、色を好む性格であった。

倪元路《げいげんろ》は徐光啓《じょこうけい》に分厚い竹簡《ちくかん》を差し出した。

「徐光啓《じょこうけい》様、上奏文を持参致しました。ご確認ください」

「また、例の上奏か」

「はい。魏忠賢《ぎちゅうけん》の一派は、根絶やしにしなければならぬのです」

「その為に、法も変えるか」

倪元路《げいげんろ》は、三朝要典《さんちょうようてん》という法典の廃止を願い出ていた。

三朝要典《さんちょうようてん》とは、いわば魏忠賢《ぎちゅうけん》の息がかかった学士たちが編纂した法典である。

昨年、魏忠賢《ぎちゅうけん》が死に、宦官らの多くは排斥されたが、主だった学士らの粛清は未だ行われていない。倪元路《げいげんろ》としては、彼らが咎《とが》めを受けていないことが、最も悔しいことであった。

「あれは、悪法です。国を腐らせるものです。根から排除しなければならないのです」

「多くの者が、処分を受けるであろうな」

「徐光啓《じょこうけい》様は、口惜しくないのですか？　魏忠賢《ぎちゅうけん》の意を受けた学士共は、何の責めも受けてはおりません」

「お前の気持ちは分かる。しかし、新しい帝が立ったばかりだ。そう矢継ぎ早に粛清は行えないのだ」

「しかし」

倪元路《げいげんろ》は不服そうだった。無理もない。この男の、国を想う心に偽りはない。

「倪元路《げいげんろ》。お前は、范景文《はんけいぶん》を知っているか？」

「知っています。南京の検閲官ですね。彼の優れた書画は、私の目標です」

「そうだ。そして、魏忠賢《ぎちゅうけん》にも屈さなかった気骨の士でもある」

「徐光啓《じょこうけい》様、范景文《はんけいぶん》がどうかしたのですか？」

「お前と范景文《はんけいぶん》にしか務められぬ大ことな役があるのだ。頼めるか？」

「私にできることであれば、何なりと」

「では、言おう。お前と范景文《はんけいぶん》は、東廠《とうしょう》を率いろ」

「東廠《とうしょう》を？　何を仰《おっしゃ》るのです」

東廠《とうしょう》とは、魏忠賢《ぎちゅうけん》を初め、宦官たちが務めていた明の諜報機関であった。魏忠賢《ぎちゅうけん》らを粛清したのちは、徐光啓《じょこうけい》が再編し、反乱鎮圧や不逞分子の密告などに当てている。

「嫌とは言わせんぞ、倪元路《げいげんろ》。お前と范景文《はんけいぶん》は北と南に分かれて、東廠《とうしょう》を率いるのだ」

「私に、あの魏忠賢《ぎちゅうけん》の真似をさせるのですか？」

「そうではない。反乱の火種を、未然に防ぐ為だ」

「お断りします。私は、魏忠賢《ぎちゅうけん》のようになりたくないのです」

執務室の中で、パンッ、という乾いた音が鳴った。


徐光啓《じょこうけい》が、倪元路《げいげんろ》の頬を打っていた。

「何をなさるのです」

「魏忠賢《ぎちゅうけん》のようにならぬ者にしか、頼めんのだ」

「しかし」

「お前は、国と己と、どちらが大事なのだッ！」

「それは、私の生まれた、この明《くに》です！」

「汚職に耽《ふけ》った学士らも、いずれは一掃する。だがまずは、国を覆《くつがえ》そうとする者らを叩き潰さねばならぬ」

「明を、覆す？」

「狭い宮中《ここ》では、誰の目でも曇る。よいか？　外を見るのだ、倪元路《げいげんろ》。何が正しいのか、悪いのか。よく見極めるのだ」

倪元路《げいげんろ》は少し考えるように俯《うつむ》いた。

徐光啓《じょこうけい》は天井を見上げた。

「葉《よう》はいるか？」

「ここに」

執務室の隅から少女の声がした。

倪元路《げいげんろ》は驚いて、声の方に顔を向けた。

そこにいたのは、宦官の姿格好をした者だった。顔は青白く、女のように小さいが、どこか男性的な雰囲気もある。

葉は目も鼻も腕も細長い。倪元路《げいげんろ》は、薄気味悪さを感じた。

「この者は葉再昌《ようさいしょう》という宦官だ。東廠《とうしょう》の長官であり、自身も凄腕の間者だ」

「葉再昌《ようさいしょう》。聞いたことがあります。確か、永楽帝に仕えた宦官です。しかし、三百年前の人物のはずです」

倪元路《げいげんろ》が訝しんでいると、葉再昌《ようさいしょう》はにっと微笑《ほほえ》んだ。

「それは、恐れ多くも名を頂いた頃の葉でございましょう。我々は代々、名と腕、そして顔を受け継ぎ、闇の中に身を置いてきた者なれば」

「なんと。それでは、あの魏忠賢《ぎちゅうけん》にも仕えたのか?」

「いいえ。我らが仕えるのは皇帝陛下のみで御座います。劉賢《りゅうけん》や魏忠賢《ぎちゅうけん》のような新参者に仕えたことはありません」

「いやはや、なんと恐ろしい連中だ。これが、東廠《とうしょう》の中枢か」

倪元路《げいげんろ》は今にも倒れそうになる眩暈《めまい》に襲われた。徐光啓《じょこうけい》は、倪元路《げいげんろ》の肩に手を置いた。

「私はこれから、銭謙益《せんけんえき》に会わねばならん。お前の上奏はしておく。その代わり、葉から東廠《とうしょう》についてよく学んでおくのだ」

徐光啓《じょこうけい》は倪元路《げいげんろ》の肩をぽん、と叩くと、執務室から出た。

これで、よいのだ。

東廠《とうしょう》はこれからも国を護る一助となるであろう。既に、闇の勢力は動いている。白蓮の徒を中心に、反乱軍の手助けをしている。信仰の力は侮れない。自分が切支丹であるがゆえに、その力と危険性はよく分かっている。

特に、龍華会《りゅうかかい》という一派は相当のものだった。

東廠《とうしょう》から手練れの間者を何十人も送り出したが、生きて帰る者はいなかった。

陝西《せんせい》の反乱軍は、三日前、呉襄《ごじょう》率いる討伐軍が叩き潰した。首領の王嘉胤《おうかいん》は、死んだ。しかし、残党は高迎祥《こうげいしょう》を首領に担ぎ上げて抵抗を続けている。

その中に一人、気になる人物がいる。

李自成《りじせい》。城を焼いた男。

ある日突然、目立つ行動を起こした割に、その後の動きは静かだ。

いくら間者を送っても、元の素性が駅卒であることしか分からない。

前に刺客を送ろうとしたが、葉に止められた。葉が言うには、李自成《りじせい》は理外《りがい》の敵だという。

理外の敵。理《ことわり》の届かない存在ほど、怖い者はいない。

これから会う男も、いわば同様の存在であった。

銭謙益《せんけんえき》。東林党《とうりんとう》全体を、指先一つで動かせる男。

まだ四十を過ぎたばかりだが、髭は白く、まるで道士のような姿をしている。

香を焚いて詩歌を吟じたり、時には怪しげな道士を招いて講演会を行なったりしている。しかし、いざ話してみると、思いのほか理にかなうことを言う。

東廠《とうしょう》を再編成する案も、実は銭謙益《せんけんえき》が提案したものだった。

魏忠賢《ぎちゅうけん》の死後、東廠《とうしょう》の解体を望む者は多かった。官民を問わず誰もが東廠《とうしょう》を恐れていたし、現在の帝もまた、解体を望んでいた。それでも、銭謙益《せんけんえき》は東廠《とうしょう》の有用性を訴え続けた。

魏忠賢《ぎちゅうけん》が健在の折、銭謙益《せんけんえき》は東廠《とうしょう》と暗闘を続けた一人であった。ゆえに、その恐ろしさを熟知している。銭謙益《せんけんえき》は、きたる闇の勢力との戦いで、東廠《とうしょう》の力が必要不可欠であると説いたのである。

毒を以て、毒を制す。銭謙益《せんけんえき》の読みは当たった。お陰で葉のような人材を失わずに済んだし、国に仇を為す賊の多くを、未然に封じ込めている。

彼が愛国者であることに間違いはない。それでも、銭謙益《せんけんえき》にはどこか不気味な雰囲気を感じている。まるで物語の筋書きを描いているような、恐ろしさがある。

徐光啓《じょこうけい》は、銭謙益《せんけんえき》の執務室を訪ねた。

「やあ、徐光啓《じょこうけい》殿。お入りください」

銭謙益《せんけんえき》は椅子に座ったまま、にこやかに微笑んだ。

机には、淹れたての茶が二つ置かれていた。

「まるで、私が今来ることを知っていたようですな、銭謙益殿《せんけんえき》」

「偶々《たまたま》、そうなったのです。それに、徐光啓《じょこうけい》殿も他人のことを言えないのでは？」

「と、いいますと？」

「徐光啓《じょこうけい》殿は私の館に、間者を遣わしましたな？天井に二人、外に五人、床下に一人。いやはや、お人が悪い」

「なんと、気付いていらっしゃったとは」

「魏忠賢《ぎちゅうけん》が健在の折は、妾《めかけ》まで間者でございました。これ位のことは、慣れておりますよ」

「これは、恐れ入りました。何卒、ご容赦ください」

「気にしておりませんよ。東廠《とうしょう》の質は、もう少し高めねばなりませんな。例えば、息長《そくちょう》は重要です」

「息長《そくちょう》とは何です？」

「息を、長く吐くことを言います。人は、息を長く吸うことは得意ですが、長く吐くことは不得意です。これは、日本の道士から聞きました」

「息長《そくちょう》と間者がどういう関係にあるのか、分からない」

「息を長く吐くと、心が休まります。つまり、睡眠に近い状態になります。これは、戦闘態勢から休息に身体を切り替える際に重要です」

「なるほど。長く潜む間者にとって、重要な技法であるのですな」

「その通りです。それと、心の病にも、それは有効です。徐光啓《じょこうけい》殿も試してみては如何《いかが》でしょうか？」

「それは、良いことを聞きました。しかし、銭謙益《せんけんえき》殿は何故、私の病のことをご存じなのか」

銭謙益《せんけんえき》は、答えなかった。

「私が主催する集会では、息長《そくちょう》の訓練もします。徐《じょ》光啓《こうけい》殿も、是非《ぜひ》いらしてください」

「ええ。それは後日、拝見しましょう」

二人は笑い合うと、茶を飲んだ。

初めに話の進行を握ったのは銭謙益《せんけんえき》だった。徐光《じょこう》啓《けい》は、どこか拍子を崩された格好になった。暫《しばら》くした頃、徐光啓《じょこうけい》はため息をついた。

「しかし、私はもう長くはない。今は、これからを任せる者たちを導くだけです」

「私の見立てでは、徐光啓《じょこうけい》殿はもう少しお元気かと。準備が良い方ほど、長く生きるものです」

「果たして、そうでしょうか」

「天文《てんもん》に照らすのであれば、あと二年は生きるでしょう」

「二年ですか。それなら、色々なことができる」

「東廠《とうしょう》の引継ぎも、二年あれば終わるでしょう」

「今、倪元路《げいげんろ》らに託してきました。彼らには愛国心がある。きっと、成し遂げてくれるとは思うのですが」

「倪元路《げいげんろ》たちは上手くやるでしょう。これで、国難の一つは解決です」

「銭謙益《せんけんえき》殿には、私の後事《こうじ》を頼みたい」

「よいでしょう。以前から夢見ていたことです。しかし、徐光啓《じょこうけい》殿の本当の悩みは、私の他に、もう一つあるのでは？」

「本当の悩み、ですか」

「陝西《せんせい》の反乱軍、でしょう？　そして、李自成《りじせい》」

徐光啓《じょこうけい》は、背筋がぞくりとする寒気を覚えた。

この男は、どこまで見えているのだ。

「銭謙益《せんけんえき》殿は李自成《りじせい》をご存じなのか？」

「元は駅卒で、城を焼いた男。危険な男です」

「東廠《とうしょう》の間者を派遣していますが、網に掛からんのです」

「向こうも、間者を駆使しているのでしょう」

「ここ数か月で、五十人前後の間者が死にました。

それも、討ち取られた者の口には紙が入っていたのです」

「その紙とは、いかようなものです？」

徐光啓《じょこうけい》はうなずくと、懐《ふところ》からくしゃくしゃの紙を取り出した。そこには、文字が書かれていた。

走尸行肉《そうしこうにく》、夜郎自大《やろうじだい》。

銭謙益《せんけんえき》は、眉間に皺《しわ》を寄せた。

「肉塊《にくかい》や骸《むくろ》を歩かせて何になる、自惚《うぬぼ》れるな、ということですか」

「そうです。明らかに、我らを侮辱している！」

怒る徐光啓《じょこうけい》を横目に、銭謙益《せんけんえき》はすうっと息を長く吐いた。

「徐光啓《じょこうけい》殿。これは、ただの挑発ではありません」

「それでは何と？」

「他国《くに》から明《くに》への、宣戦布告状です」

それきり、銭謙益《せんけんえき》は何も話さなかった。

徐光啓《じょこうけい》は夕陽の差し込む廊下を歩いていた。

走尸行肉《そうしこうにく》、夜郎自大《やろうじだい》。

最初にこれを読んだとき、安く単純な挑発だと思った。

傲慢で、自信過剰とも思った。

しかし、仮に銭謙益《せんけんえき》の言った通りだとすれば、反乱軍への認識を根底から改めなければならない。

反乱軍もまた、明の民だと思っていた。それが、当然だと思っていた。

土地や財産を失った者たちが、明から抜け出て、新たな国を称することは不可能だと思っていた。

ぼんやりとした、実体なき、国。

それが明の中にあるというのなら、なお恐ろしいことだった。

延安府《えんあんふ》からの知らせによれば、陝西《せんせい》の流民は十万を越える数だという。土地こそ持たぬとはいえ、それらの上に立つ男が現れたとするのであれば、それは間違いなく、新しき国である。

李自成《りじせい》。怨嗟《えんさ》を抱く民の上に立とうとする男。

もしそうであれば、除かねばならない。

この明《くに》の中で、生かしてはいけない人間だった。

「葉《よう》ッ！　いるか？」

「ここに」

葉は、廊下の隅で拱手《きょうしゅ》をしていた。

「李自成《りじせい》を殺せ。どのような手を使っても構わん。私の目の玉が黒いうちに、必ず殺せ」

葉は無言のまま頭を下げると、闇の中へ消えていった。


〜〜〜〜〜〜〜〜〜〜〜〜〜〜〜〜〜〜〜〜〜〜〜〜〜


天雄軍《てんゆうぐん》の動きは、日に日に俊敏になっていた。

少し前まで、砂煙が多少荒れていると馬たちの動きが鈍くなっていたが、今では多少の砂が吹いても、その速度を落とすことはない。

袁崇煥《えんすうかん》が直々に任命した盧象昇《ろぞうしょう》の調練が厳しいものであったのは間違いないが、満桂《まんけい》や黒雲龍《こくうんりゅう》などの歴戦の司令官から助言を聞いたのも大きかった。

天雄軍《てんゆうぐん》にはそれぞれ組み分けがされており、各隊の隊長が独自の判断で臨機応変に軍を動かせるようになっていた。

万一のことがあっても戦闘態勢を崩さないための工夫である。

しかし各隊が自分勝手に思い思いの方角へ散っては意味を為さないため、調練の際は様々な例を想定して行われている。

今日の調練は、左翼の騎馬隊が破られた場合の対応である。

後方の歩兵がすぐさま備えに入り、中央の弓兵がそれを援護する形だ。

盧象昇《ろぞうしょう》は馬の上で、偃月刀《えんげつとう》を片手に調練を見つめていた。

盧象昇《ろぞうしょう》の横には、満桂《まんけい》がいる。

「満桂《まんけい》将軍、左の備えは、もう一段厚くした方がよろしいですか？」

「いや、あれは、あのままで十分だ。この場合は、中入りをどのように防ぐかが重要だ。敵の中央はドルゴン率いる鑲白《じょうはく》だ。奴が、これを見逃すはずはない」

「心得ました」

盧象昇《ろぞうしょう》が偃月刀《えんげつとう》を一振りした。

後曲の騎馬隊が動きだす。

敵の中入りを防ぐために、まるで柳の木のようなしなやかさで空いた部分を補っていく。

「だいぶ、動くようになったな」

「満桂《まんけい》将軍のお陰です。しかし、実際に戦で動けるのか、不安になる兵もいるようです」

「なら、実地訓練に行くか」

「そうなると、私まで棒叩きに処されます」

「冗談だ。お前までそんな真似をしたら、私は斬首だ」

二人はからからと笑った。

満桂《まんけい》は何度か小さい部隊を率いて後金軍と小競り合いをしていた。

その度に、怒った袁崇煥《えんすうかん》から棒叩き百回に処されていたが、満桂《まんけい》は満足そうに笑うのみだった。

袁崇煥《えんすうかん》と満桂《まんけい》は、このところ顔すら合わせていない。

他の将校もそうだが、袁崇煥《えんすうかん》のどこか悟る雰囲気に、みな距離を置いている。

唯一、盧象昇《ろぞうしょう》のみ言葉を交わすのみであった。

「満桂《まんけい》将軍たちの気持ちも分かります。しかし、ここはあえて袁崇煥《えんすうかん》将軍と仲直りしてみては？」

「もう、あの人は手遅れなのだ、盧象昇《ろぞうしょう》。あの方は私の手が届かないところまで、行ってしまわれた」

「行ってしまった、とは？」

「天命というものを意識した時、袁崇煥《えんすうかん》将軍の魂は燃え尽きてしまった。あの方は、今でもヌルハチと戦を続けている」

「今でも、ですか」

「お前も、本当は幻滅しているのではないか？　あの方に」

「私は、天雄軍《てんゆうぐん》をお預かりしたことを、今でも光栄に思っております」

「そうか」

そうして、満桂《まんけい》と盧象昇《ろぞうしょう》は何も話をしないまま調練を終えた。

満桂《まんけい》に、袁崇煥《えんすうかん》から呼び出しがあったのは、その日の午後だった。

満桂《まんけい》は袁崇煥《えんすうかん》の執務室に入ると膝をついて拱手《きょうしゅ》をした。

「満桂《まんけい》、ここに」

「よく来たな、満桂《まんけい》。座ってくれ」

袁崇煥《えんすうかん》は、珍しく上機嫌そうだった。

部屋奥の机の横に椅子が二つ置かれており、そのうちの一つに座っていた。

満桂《まんけい》は立つと、もう一つの椅子に腰を下ろした。

「満桂《まんけい》。盧象昇《ろぞうしょう》の調練はどうなっている？」

「大変なものでした。盧象昇《ろぞうしょう》も、だいぶ痩せたようです」

「そうだろうな」

「騎馬隊に関しては、黒雲龍《こくうんりゅう》が徹底的に叩き込んでいます。八旗とも、対等以上にやり合えるかと」

「そうか。お前もご苦労だったな、満桂《まんけい》。本当に、ご苦労だった」

茶が二つ出てきた。

二人共、それに口を付けた。

「お前と最初に出会った時も、こうして茶を飲んでいたな」

「袁崇煥《えんすうかん》将軍が自ら私を館に招いて、茶を馳走になりました」

「後悔しているか？　私と共に、北の果てまで来たことを」

「露《つゆ》ほども、後悔しておりません。袁崇煥《えんすうかん》将軍は、私の誇りでしたから」

「満桂《まんけい》」

「はい」

「私も、副官に恵まれたと思っている。お前は、私の死に場所まで用意してくれた」

「ご覧になられましたか？」

「北京から送られてきた写しだがな。お前も見るか？」

袁崇煥《えんすうかん》は懐から書を取り出すと、机に広げた。

連判状だった。

袁崇煥《えんすうかん》は敵と通じ、国難を招いた、とある。

満桂《まんけい》を始め、黒雲龍《こくうんりゅう》、祖大寿《そたいじゅ》、孫承宗《そんしょうそう》、主だった将校の名前が記されている。盧象昇《ろぞうしょう》の名前は、なかった。

「都からは、何と？」

「急ぎ出頭せよ、とのことだ。明日には発《た》つ」

「お怒りですか？　勝手にこのようなことをした私を」

「最初は怒ったがな。しかし、副官として、為すべきことを為したのだろう？」

「はい。そしてそれが、貴方《あなた》への、ご恩返しだと思いました」


満桂《まんけい》は、言葉に詰まってきた。

気付いたとき、頬に熱い露《つゆ》が流れていた。

「何を泣くことがある。私はお前に、心の底から感謝しているのだ。私には過ぎた副官だと思っている」

袁崇煥《えんすうかん》は、穏やかな表情を浮かべた。

満桂《まんけい》は、感情を抑えられずにいた。

「満桂《まんけい》。一つだけ頼みがある。聞いてくれるか？」

「なんなりと」

「お前たちと共に、また、戦がしたいのだ。天雄軍《てんゆうぐん》も、見たいしな」

その時、袁崇煥《えんすうかん》の表情が、変わった。

満桂《まんけい》の知っている、袁崇煥《えんすうかん》だった。

「御意」

満桂《まんけい》は顔を拭うと拱手《きょうしゅ》した。

出撃の命令が出た。

大規模な出撃であったが、いつもの通り、準備は四半時《しはんとき》で済んだ。

城門の前で、五万人の兵士たちが二列に並んでいる。

その間を、袁崇煥《えんすうかん》を先頭に、満桂《まんけい》、黒雲龍《こくうんりゅう》、祖大《そたい》寿《じゅ》、孫承宗《そんしょうそう》、盧象昇《ろぞうしょう》らが轡《くつわ》を並べている。

やがて袁崇煥《えんすうかん》は全軍の前に立つと、後ろへ振り向いた。

「みな、よく此処《ここ》まで、私を盛り立ててくれた！　これより、後金を徹底的に叩き潰す！　誇り高き国士たちよ、我に続け！」

袁崇煥《えんすうかん》を先頭に、全軍が動いた。

膨大な砂埃が舞った。

「黒雲龍《こくうんりゅう》は先頭をゆけッ！　敵の度肝《どぎも》を抜いてやるのだ！」

「御意！」

黒雲龍《こくうんりゅう》率いる黒一色の騎馬隊が先へ飛び出した。

黒雲龍《こくうんりゅう》がひと月に六百里駆《か》けたこともあると豪語する、精鋭の五千騎であった。

凄まじい速度だった。ふとした時には、既に地平線の彼方まで消えていた。


馬の脚は鈍っていないらしい。

袁崇煥《えんすうかん》の横に、馬を並べてきた者がいた。

紅い顔をした白髭の孫承宗《そんしょうそう》だった。

寧遠の戦いを終えて故郷に帰ったと思いきや、一か月前、再び戦場が恋しくなって帰ってきたらしい。

今度は兵卒の鎧ではなく、かつて着用していた青の将軍鎧を身に纏《まと》っている。

「やはり戦は楽しいのう、袁崇煥《えんすうかん》殿！　わしも漸《ようや》く、男として死に花を咲かせられそうじゃ！」

「それは、私も同じです！　行きましょう、天命の、果てへ！」

天命。袁崇煥《えんすうかん》の中に、沸々と熱い血が湧いてきた。

「先鋒は承宗殿にお任せします。五千騎で、鑲白《じょうはく》を、ドルゴンを討ち取ってください」

「おお、鑲白《じょうはく》！　相手に不足なし！　お任せくださ い」

孫承宗《そんしょうそう》は頭上で槍を一振りすると、黒雲龍《こくうんりゅう》を追っていった。

「満桂《まんけい》は左、祖大寿《そたいじゅ》は右！　天雄軍《てんゆうぐん》は中央へ付けろ」

満桂《まんけい》、祖大寿《そたいじゅ》、盧象昇《ろぞうしょう》はそれぞれ拱手《きょうしゅ》すると、方々に別れていった。

始まる。最後の戦いが。

袁崇煥《えんすうかん》は剣を抜いた。その時、遥か彼方から、かすかに泥の匂いが混じった砂の風が吹いてきた。

黒雲龍《こくうんりゅう》の五千騎がぶつかったらしい。

前に馬を走らせると、泥の匂いが強くなってきた。

一本の黒い線が、海原を断ち切るように進むのが見えた。

黒雲龍《こくうんりゅう》の騎馬隊だった。頭上で槍を回している。

二十万の、極彩色《ごくさいしき》の波が迫る。

袁崇煥《えんすうかん》の頭の中で、ヌルハチとの一戦が去来した。

「突貫《とっかん》せよ！」

声を出した。剣を振った。

塊と塊が、魂と魂が、ぶつかった。

地面が揺れ、泥の混じった砂埃の嵐が起こった。

凄まじい衝撃だった。袁崇煥《えんすうかん》の肌が粟立《あわだ》つ。

ヌルハチを討ってもなお、ここまで強くなっていたのか。

しかし、此処《ここ》からは力と力の勝負だ。

「天雄軍《てんゆうぐん》、上がってこい！」

「心得ました！」

言うより先に、盧象昇《ろぞうしょう》が偃月刀《えんげつとう》を片手に袁崇煥《えんすうかん》を追い抜いた。

盧象昇《ろぞうしょう》の偃月刀《えんげつとう》が一閃する度《たび》に、敵兵の首が何個も飛ぶ。

まるで血の暴風雨だった。

盧象昇《ろぞうしょう》を先頭に、天雄軍《てんゆうぐん》が一個の塊となって、極彩色の海へ飛び込む。

これを阻もうと、紅と藍の波が幾度も包囲してくるが、天雄軍《てんゆうぐん》は逆に弾き返している。

これは強い軍、いや、勝てる軍だ。

どうやら、盧象昇《ろぞうしょう》らに任せたのは正解だったらしい。

やがて、漆黒《しっこく》の鎧を血だらけにした黒雲龍《こくうんりゅう》が反転して戻って来た。

「黒雲龍《こくうんりゅう》！　どうした、斬られたのか？」

「これは全て、後金軍の血です。敵の中を一周して、戻ってきました」

「よく戻った！　他の隊はどうしている？」

「孫承宗《そんしょうそう》将軍の騎馬隊は鑲白《じょうはく》を圧倒しています。まもなく、ドルゴンを討ち取る勢いです！」

「承宗殿、流石《さすが》だ！」

「祖大寿《そたいじゅ》は鑲藍《じょうらん》と五分五分の戦い。お互いに矢を打ち合って、こちらもだいぶ被害を出しています」

「満桂《まんけい》は？」

「満桂《まんけい》将軍は」

黒雲龍《こくうんりゅう》は一瞬言葉を選んだ素振《そぶ》りを見せた。

嫌な、予感がする。

「満桂《まんけい》将軍率いる左翼に、ホーゲ率いる正黄《せいおう》を中心に、正藍《せいらん》、正紅《せいこう》の三旗が襲い掛かっています。入れ替わり立ち代わり攻められておりますが、満桂《まんけい》将軍自ら槍をとって奮戦。敵を辛うじて弾き返していま

す」

「満桂《まんけい》！　満桂《まんけい》を死なせてはならぬ！　黒雲龍《こくうんりゅう》、急ぎ迂回して、左翼を援護せよ！」

「御意！」

黒雲龍《こくうんりゅう》は拱手《きょうしゅ》すると、馬を駆って行った。

袁崇煥《えんすうかん》ら天雄軍《てんゆうぐん》がぶつかったとき、左の翼に、後金軍の精鋭が殺到していた。

満桂《まんけい》は自ら槍をとって戦いながら、槍兵の列に指示を出していた。

「槍兵構え！　受け流すように当たれ！」

後金の騎兵は精強である。まともにぶつかれば、こちらの槍兵の列はいとも容易《たやす》く突き崩される。前進と後退を繰り返して受け流し、その勢いを少しずつ削いでいくことが肝心であった
それは、兵の練度が高くなければ到底為しえない動きである。しかし、満桂《まんけい》の部隊は実地訓練のお陰もあってか、円滑に行うことができた。

後金軍の騎兵が、細く伸びてきた。

「撃て！　馬を狙え！」

満桂《まんけい》の指示で、鉄砲が一斉に放たれた。

細く伸びた騎兵らを、熱き弾丸が貫いた。

次々と馬が倒れ、兵が落ちていく。

ところが次の瞬間、また別の後金軍の騎兵が突っ込んできた。

黄色の旗。まぎれもなく正黄《せいおう》旗であった。

しかし正黄《せいおう》旗の騎兵は、こちらの槍隊の二列目までを蹴散らすと、すぐにぐるりと反転して去っていった。

正黄《せいおう》の中心にいるのは、背が高く若い将軍だった。

満桂《まんけい》は目を凝らして見た。

聞いていた年齢よりだいぶ老けて見える。眉は太く、鼻も高い。

正黄《せいおう》を率いる将に相応《ふさわ》しい容姿をしている。

「あれが、ホンタイジの息子のホーゲか。見事な指揮だ」

こちらの動きにのってこないところを見ると、少しは戦の心得があるらしい。

次は紅色の旗の騎兵が突っ込んできた。

「千客万来だな。弾込め、急げ！」

槍隊を後退させながら、満桂《まんけい》は前に出た。

突っ込んでくる騎兵を一人ずつ突き倒す。

だが、こちらもだいぶ被害を出している。

しかしこれ以上、退いてはいけない。左の翼が折れれば、敵は間違いなく中入りを狙ってくる。

満桂《まんけい》は槍を振った。突っ込んでくる敵を突き落としていく。

これは明随一の名将、袁崇煥《えんすうかん》の最後の戦いなのだ。

このまま死んでもいい。必ず、中入りは防ぐ。

副官として、命を燃やし尽くしても、使命を必ず成し遂げる。

そんな時、遥《はる》か遠くの方で、正黄《せいおう》が動いた。

目の前の、紅の旗が退いた。

彼方から、ホーゲが、くる。

「みな、ここが死地だ！　俺を追って来い！」

満桂《まんけい》が前へ駆けだした。
その刹那、黒一色の騎馬隊が割り込んできた。
黒雲龍《こくうんりゅう》の騎兵だった。
黒一色の騎兵が、反転して戻っていく後金の騎兵らに襲い掛かった。
一時もかからず、紅の旗を蹴散らした。
やがて、黒雲龍《こくうんりゅう》の騎兵は黄色の旗と衝突した。
満桂《まんけい》も馬を懸命に走らせた。騎兵も槍兵も、それに付いて行く。
ここからは、攻めの戦だ。
「黒雲龍《こくうんりゅう》！　誰の命令で来た？」
「袁崇煥《えんすうかん》将軍の命令です！　満桂《まんけい》将軍を死なすな、と！」
「そうか！　助かったぞ！」
袁崇煥《えんすうかん》は、自分が追いやったようなものだ。恨まれても仕方がない。
ヌルハチと戦ってから、袁崇煥《えんすうかん》は変わった。
ヌルハチの天命と交わってから、まるで死人のようになってしまった。
しかし、袁崇煥《えんすうかん》は死を目前にして、生き返った。
国を護る魂が、蘇った。
見よ、後金軍。これが、袁崇煥《えんすうかん》だ。
俺が、男として惚れた袁崇煥《えんすうかん》だ。
満桂《まんけい》たちは槍を振った。
後金軍の騎兵が、馬上から突き落とされ、弾き飛ばされていく。
砂塵が空へ舞い、地が震えている。
正黄旗《せいおう》が、地に倒された。
後金軍は一騎、また一騎と討ち取られていく。
ホーゲは厳しい表情のまま、頭上で槍の先を回した。
後退の合図だった。
その時、正黄《せいおう》が、正藍《せいらん》が、正紅《せいこう》が、退いた。
ほんの僅《わず》かな距離であったが、確かに三つの旗が退いた。
満桂《まんけい》が、吼《ほ》えた。

俺たちは、勝ったのだ。

満桂《まんけい》は天に槍を掲げた。

「みな、鬨《とき》の声をあげろ！　俺たちは勝ったぞ！」

兵らもまた、一斉に吼《ほ》えた。

左翼の勝鬨《かちどき》は、袁崇煥《えんすうかん》にも届いた。

「左の翼は折れなかったか。流石は、満桂《まんけい》だ」

袁崇煥《えんすうかん》は、満足そうにうなずいた。

前方から、伝令がやってきた。

「波の中に、道が開けました！」

「ようし」

遥か彼方、赤い淵に囲まれた黄色の旗が見えた。

ホンタイジが、いた。

「みな！　これよりホンタイジを討ち取る。我に続け！」

袁崇煥《えんすうかん》は、馬を走らせた。

ホンタイジ。ヌルハチを継いだ男。

最初、書状を交わした時、なんと凡庸な男だと思った。

馬の背で、酒や肉をかっ食らう他の女真人と同じだと思っていた。

明の真似事をして、実が伴っていないとも思っていた。

だが、この強さは本物だ。

だからこそ、討たねばならない。

「ホンタイジ！」

大声で、叫んだ。

敵の兵士が此方《こちら》に気付いて、向かってくる。

剣を、振る。

斬る。

抉《えぐ》る。

突く。

そして、断つ。

「ホンタイジ！」

もう一度、叫んだ。

ホンタイジもまた、馬上で剣を抜いた。

微笑みながら、手招きをしている。

袁崇煥《えんすうかん》は、にっと笑った。

「この私を斬ってみろ！　袁崇煥《えんすうかん》！」

ホンタイジもまた、叫んだ。

ホンタイジが、俺を呼んでいる。

広い天の下で、袁崇煥《えんすうかん》とホンタイジだけになった。

袁崇煥《えんすうかん》は、剣を振りかぶった。

この剣《つるぎ》をもって、己の天命の元に、決着を、下《くだ》す！

馬がすれ違ったとき、袁崇煥《えんすうかん》は剣を振り下ろした。

ホンタイジが、剣の柄《え》で受けて、逆に斬り返す。

ホンタイジの剣が、袁崇煥《えんすうかん》の頬を掠《かす》った。

「袁崇煥《えんすうかん》！　お前は、何の為に戦うのだ！」

「敗れないためだ！　お前たちの魂に、誇りに！」

「それが、お前の天命かッ！」

尚も、打ち合う。手が痺れてきた。

次に剣をぶつけたとき、鉄が砕け散る音がした。

気付くと、柄から一寸の箇所で、剣が折れていた。

ホンタイジもまた、柄から先が無かった。

「袁崇煥《えんすうかん》。何故、俺たちは戦うのだろうか？」

「何故、聞く」

「お前は、どこまでも敵だった。そして、よき友だった」

「お前を友と思ったことはないが、よき敵だった」

「また会おう、袁崇煥《えんすうかん》」

袁崇煥《えんすうかん》は、何も言わなかった。そして、馬首を返した。

戦いは、終わった。

袁崇煥《えんすうかん》、ホンタイジがそれぞれ撤収の合図を出し、軍が退いた。

袁崇煥《えんすうかん》は夕暮れの帰路、満桂《まんけい》に声をかけた。

「満桂《まんけい》、見事な采配だったと聞いたぞ」

「兵が三百死にました。傷を負った者は、数え切れません。大負けです」

「いや、お前を失わずに済んだ」

「袁崇煥《えんすうかん》将軍も、お怪我をされているのでは？」

「何のことはない。かすり傷だ」

「孫承宗《そんしょうそう》将軍は、悔しがっておりました。ドルゴンを討ちもらしたことと、死に花を咲かせられなかったことを」

「あの方は、きっと長生きをするであろうな」

二人は、からからと笑い合った。

「黒雲龍《こくうんりゅう》と祖大寿《そたいじゅ》は、どうしている」

「二人共、大きな怪我は負ってはおりません、しかし」

「しかし、どうした？」

「眼《め》が、どこか虚《うつ》ろです。まるで、夢から覚めたばかりの赤子のような表情です」

「無理もない。暫《しばら》く、大きな戦はしてこなかったからな」

「しかし、馬の脚は鈍ってはいませんでした。これは彼らの調練の賜物です」

「あの二人は、これからも軍の中核となっていくだろう。特に、黒雲龍《こくうんりゅう》の騎兵は貴重だ」

「盧象昇《ろぞうしょう》は、戦い足りなかったようですな。撤収の命令が出てからも、ずっと最後尾にいました」

「盧象昇《ろぞうしょう》は優秀だが、少し危ういところがある。私が発《た》った後は、注意して見てやってくれ」

「袁崇煥《えんすうかん》将軍。明日ではなく、傷を癒してから発《た》れては？　天雄軍《てんゆうぐん》も、もう少し見て頂ければ、と思うのですが」

「いや、天雄軍《てんゆうぐん》は大丈夫だろう。それに、告発された将軍がいては、士気に関わる」

「私は、今になって、少し後悔しています」

「その後悔は、必要のないことだ。問題はこれからだ。時が来れば、ホンタイジは必ず攻めてくる」

「ホンタイジは、どのような男でした？」

「父のヌルハチと似ている部分はある。しかし、全く別種の人間だ」

「別種の人間？」

「お前も、直接会って話せば分かるだろう」

「御戯《おたわむ》れを」

「今は、何もかも戯れだ。分かり合うこともないだろう。だが、いずれは」

いずれは。

袁崇煥《えんすうかん》は、後ろを振り向いた。

地平の彼方に、ホンタイジはいる。

不倶戴天《ふぐたいてん》の敵を、友と呼んだ男。

果たして、分かり合えるのだろうか。その時が、来るのだろうか。

「いずれは、何です？」

「いや、何でもない。だが、お前にも分かる時が来る」

「そうでしょうか」

「後は、頼んだぞ。満桂《まんけい》総指揮官」

「後任は、盧象昇《ろぞうしょう》ではないのですか？」

「暫《しばら》くは、お前の下でこき使うのだ。あれは、まだ若い」

「御意」

満桂《まんけい》は一瞬驚いた表情を見せたが、すぐ顎を引いて拱手《きょうしゅ》した。

夢。全ては夢だったのかもしれない。

ヌルハチとの戦いも、そこに燃やした情熱も、何もかもが、夕陽の中へ吸い込まれていくようだった。

袁崇煥《えんすうかん》は、もう二度と見ることはない地平線の夕陽を、瞼の裏に焼き付けた。

第七話　炯《けい》眼《がん》

崇禎三年（西暦千六百三十年）、一月。

今年の冬は冷え込んでいた。

陝西《せんせい》反乱軍討伐が一段落して、大陸全土を沸騰させた熱気も冷めつつある。

それでも、間者の行き来は活発になっていた。

直接的な戦闘は起きていないが、未だ間者同士の暗闘《あんとう》は続いていた。

間者の役目は、主に情報収集である。

他にも、要人の殺害や戦場での攪乱《かくらん》、書類の運搬など、かなり幅広く仕事を請け負うが、やはり一番は、確実性の高い情報を依頼主に届けることであった。

陝西《せんせい》の反乱軍を援助しているのは主に白蓮の徒である。

龍華会《りゅうかかい》という大きな結社には、百を超える間者集団がある。

その中の三つを、陝西《せんせい》反乱軍の李巌《りがん》は用いていた。

その三つの部隊を総称して、無縫軍《むほうぐん》という。

一つ目は、王九思《おうきゅうし》が頭目を務める諜報部隊。

二つ目は、董生《とうせい》が頭目を務める実戦部隊。

そして、三つ目は陳円円《ちんえんえん》ら女性で構成された部隊。

陳円円《ちんえんえん》とは、陳《ちん》畹芬《ふぇいふん》の源氏名《げんじな》である。

質屋を営んでいた父の陳景《ちんけい》が病に倒れ、その後を継いだ母が商売に失敗し、一家が路頭に迷っていたところを龍華会《りゅうかかい》に買われ、現在は北京で娼婦業を行なっている。

陳円円《ちんえんえん》としては、母の衣食住が保障されるのであれば、迷いは無かった。

北京での暮らし自体は悪いものではなかったし、何より陳円円《ちんえんえん》自身が、その生活を楽しんでいた。

最近は、周皇后の父、周奎《しゅうけい》に気に入られ、後宮の情報は全て筒抜けであった。

そんなあるとき、陳円円《ちんえんえん》を訪ねる男がいた。

乞食の恰好をした、王九思《おうきゅうし》だった。

青白く細長い顔で、陰気な物言い。

陳円円《ちんえんえん》にとって、王九思《おうきゅうし》は苦手な男であった。

「畹《ふえい》。李巌《りがん》様からの命令を伝えに来た」

「畹《ふえい》という呼び方はよして。今の私は、陳円円《ちんえんえん》よ」

「後宮では今、どうなっている」

「帝と周皇后は仲睦まじいわよ」

「そうではない。俺が聞きたいのは宦官たちのことだ」

「宦官？　そんなものに、興味はないわ」

「役に立たん女だ」

「失礼な男ね。ただ、葉再昌《ようさいしょう》は最近姿が見えないし、何か企んでるんじゃない？」

「企んでいる、とは？」


「女の勘、よ」

「そんなもの、知るか」

「それより、貴方《あなた》が自らやって来るなんて珍しいじゃない。私に会いたくなったの？」

「李巌《りがん》様が自らゆけ、と命令したのだ。それに、お前に会いたいと思ったことは一度もない」

「本当に、失礼な男ね」

「任務だ、畹《ふえい》。お前は、呉襄《ごじょう》に近づけ」

「呉襄《ごじょう》？　妻子持ちで五十近い男じゃない。そんなの、嫌よ」

「呉襄《ごじょう》は陝西《せんせい》鎮圧を担当している男だ。奴の動きを掴めれば、後は董生《とうせい》が、かたをつける」

「嫌、よ。だって今の方が楽しいもの」

「お前がそう言うのは、李巌《りがん》様も織り込み済みだ。だから、もう一つ、策を用意した」

「策って、何よ」

「お前は、呉襄《ごじょう》の息子、呉三桂《ごさんけい》に嫁げ」

「嫁ぐなんて、易いことじゃないわ。呉家は代々軍人の家系。私は一介の娼婦よ」

「そこを、何とかするのだ。俺たちで」

「俺たち?」

「俺はこの仕事を終えないと帰れんのだ。暫《しばら》く、この家で厄介になるぞ」

「どうして、この家に住むのよ!」

「俺もでき得る限り、手助けする」

「貴方《あなた》はその恰好のまま、外にいなさい」

陳円円《ちんえんえん》は王九思《おうきゅうし》を外へ締め出すと、寝台に寝転がった。

婚姻。この稼業に手を出してから、考えたことも無かった。

金王孫《きんおうそん》。鬼の末裔。

あの鬼は、今頃何をしているのだろう。

陳円円《ちんえんえん》は、二年前、簪《かんざし》を付ける日の前夜、金王孫《きんおうそん》に抱かれたことを思い出した。

いい女になれ、と言われた。

しかし、果たして今の自分はいい女になっているのだろうか。

陳円円《ちんえんえん》は、今まで何度も男に抱かれた。

しかし、逆に抱いたことはなかった。

相手に身体を委ね、言う通りにするだけで行為は済んだ。

退屈だった。

金王孫《きんおうそん》のときのように、燃え滾《たぎ》る何かが欲しかった。

陳円円《ちんえんえん》は、うとうとしてきた。

そのまま微睡《まどろみ》の中へ落ちそうになったとき、戸を叩く音がした。

「畹《ふえい》、開けてくれ」

「貴方《あなた》は外で寝なさい」

「呉三桂《ごさんけい》が、いたのだ。早く来い」

「仕事が早い男ね」

陳円円《ちんえんえん》はすぐに上着を着ると、戸を開いた。

雪が降っていた。

地面には、薄く積もりつつある。

「早く来い!」

王九思《おうきゅうし》に腕を引かれながら、外に出た。

「呉三桂《ごさんけい》は、どこにいたの？」

「酒場だ。やっこさん、この前の戦が相当堪《こた》えたらしい」

「この前の戦？」

「話している暇はない。いくぞ」

王九思《おうきゅうし》に引かれながら、夜の中を走った。

息は白い。顔も、紅《あか》くなってくる。

大通りから一本外れた、路地を走った。

灯りはあるが、人通りが少ない場所だった。

王九思《おうきゅうし》が立ち止まった。

「この店だ。いけ」

小さな店だった。とても、軍人が寄る店には思えなかった。

陳円円《ちんえんえん》は、戸を開いた。

やはり小さな店だった。

店内に机が幾つか並んでおり、店の主と思われる老婆が、奥でうたた寝をしている。

見回すと、一番奥の机に、男が一人座っていた。

あの人が、呉三桂《ごさんけい》。

整った目鼻立ちだが、どこか幼さが残る。

背は、思いのほか大きいらしい。足が、机の端まで伸びている。

相当飲んだらしく、机の上には酒壺が幾つも置かれていた。

陳円円《ちんえんえん》は店内に入ると、呉三桂《ごさんけい》に近付いた。

顔をよく見ると、あちこちに瘤《こぶ》や傷ができている。

若いとはいえ、軍人であるなら、仕方がないのかもしれない。

陳円円《ちんえんえん》は、隣の椅子に腰を下ろした。

「ご一緒してもよろしいかしら」

呉三桂《ごさんけい》は一瞬驚いた様子だったが、すぐに憂鬱そうな表情になった。

「俺は、娼婦と縁は持たないことにしている」

「私は娼婦だけど、他人《ひと》の苦しみは分かるわ」

「俺の苦しみが、お前に分かるか」

「話してごらんなさい。話した方が、楽になるわよ」

呉三桂《ごさんけい》は暫《しばら》く黙っていたが、突然わっと泣き出した。

「親父に、折檻《せっかん》されたのだ！」

「お父様にぶたれただけで、泣いていたの？」

「違うッ！　その前は、訳の分からない変な奴にぶたれた！」

「それだけ？」

「初陣で不覚を取り、生け捕りにされた！」

「初陣なら仕方がないわ。他には？」

「変な宦官に、呪いをかけられた！」

「宦官に？」

「そうだ！　魏忠賢《ぎちゅうけん》！　思えば、彼奴《あいつ》と関わったせいで、俺の人生は無茶苦茶だ！」

「貴方《あなた》の方が、よっぽど変よ」

「何が変なのだ」

「呪いなんて、ある訳ないじゃない」

「お前に、何が分かるんだッ！」

呉三桂《ごさんけい》は怒鳴った後、再びわっと泣き出した。


変な子。そして、面白そうな子。

陳円円《ちんえんえん》は笑うのを堪えながら、呉三桂《ごさんけい》の頭を撫でた。

「可哀そうな目にあったのね。私で良ければ慰《なぐさ》めるわ」

「今度は、娼婦にまで馬鹿にされた！」

「話を聞く限り、貴方《あなた》はお馬鹿で間抜けだけど、良い人よ」

「何だとッ！」

呉三桂《ごさんけい》は怒って立ち上がった。

その瞬間、陳円円《ちんえんえん》は呉三桂《ごさんけい》の頬を叩いた。

「お前まで、俺をぶつのか！」

「これ以上、男を下げるのはよしなさい。貴方《あなた》、軍人でしょう？」

「俺は、今日限りで軍人を辞める！　俺には向いてない！」

陳円円《ちんえんえん》はもう一度、呉三桂《ごさんけい》の頬を叩いた。

「二度も、ぶったな」

「貴方《あなた》はあの名将、呉襄《ごじょう》の息子。元気を出しなさい」

「しかし！」

呉三桂《ごさんけい》が言いかけようとしたとき、陳円円《ちんえんえん》の唇がそれを覆った。

呉三桂《ごさんけい》は目を見開いた。

陳円円《ちんえんえん》は唇を離すと、嘲笑《あざわら》うような眼《め》になった。

「貴方《あなた》、女を抱いたことないでしょ」

「それが、どうした」

「私が、教えてあげる」

陳円円《ちんえんえん》は、呉三桂《ごさんけい》の帯をゆっくり解《ほど》き始めた。

呉三桂《ごさんけい》は、真っ赤な顔で俯《うつむ》いている。

やがて、双方とも、生まれたばかりの恰好になった。

「吸ってみなさい」

陳円円《ちんえんえん》が乳房を見せつけると、呉三桂《ごさんけい》は、それに吸い付いた。音を立てながら乳房を吸いつつ、もう片方の乳房を揉んでいる。

「赤子のように吸うのね。可愛い子」

呉三桂《ごさんけい》の頭を撫でながら、陳円円《ちんえんえん》は嗜虐的《しぎゃくてき》な眼差しで、呉三桂《ごさんけい》の眼を見つめた。

この子をどうしてやろう。

陳円円《ちんえんえん》の中で、これまでに無かった感情が出てきた。

その後、呉三桂《ごさんけい》の初々しい根《こん》を絞り尽くし、一晩中、呉三桂《ごさんけい》の身体を虐め続けた。

呉三桂《ごさんけい》は途中で気を失っていたが、構わず虐め続けた。

この子を、私の物にしたい。

陳円円《ちんえんえん》は、呉三桂《ごさんけい》の身体を精で汚《よご》し続けた。

陽が、明けた。

目を覚ました呉三桂《ごさんけい》の前にいたのは、薄い衣《ころも》を纏《まと》った陳円円《ちんえんえん》だった。

呉三桂《ごさんけい》は全身の血が一斉に引いたように、青ざめた。

「俺は、娼婦と関係を持ってしまったのか」

「今日だけは、代金を取らないわ」

「父上と母上に知られたら、また折檻を受ける！」

「また、会いましょう。呉三桂《ごさんけい》」

陳円円《ちんえんえん》はくすっと笑うと、店から出た。

店の前の路地に、乞食の姿をした王九思《おうきゅうし》がいた。

「流石に、他人《ひと》の行為を覗《のぞ》き見る趣味はないのね」

「当たり前だ。それに、あんなもの行為と言えるか」

「あら、見てたのね」

「呉三桂《ごさんけい》は、使えそうか？」

「あれは、まだ子供よ？」

「情報源として使えればよい」

「大人げないわね、貴方《あなた》も」

「使えそうか？」

「使える、かもね」

「何だ、それは」

「ねえ、王九思《おうきゅうし》。あの子、私の物にしてもいいかしら？」

「惚《ほ》れたのか？」

「まあ、ね」

王九思《おうきゅうし》と陳円円《ちんえんえん》は、帰路についた。


〜〜〜〜〜〜〜〜〜〜〜〜〜〜〜〜〜〜〜〜〜〜〜〜〜〜〜


王嘉胤《おうかいん》が死んでから、まもなく八か月が経とうとしていた。

陝西《せんせい》反乱軍の敗北は、様々な影響を及ぼした。

襄陽《じょうよう》の付近で一旗《ひとはた》を上げようとしていた盗賊が離散したり、四川では明に従う豪族たちが反乱鎮圧に動いたりした。

大陸全土で、反乱の気運が大幅に下がっていた。

李自成《りじせい》ら陝西《せんせい》反乱軍は高迎祥《こうげいしょう》を首領に迎え入れ、臨戦態勢を整えていたが、暫《しばら》くの間は、雌伏《しふく》の時を余儀なくされた。

人は集まるものの、その殆どが食い扶持《ぶち》を求めた無頼の者であり、まともな兵に育つまで、少なくとも半年は要する。

それでも闇《やみ》の勢力の戦いに終わりはない。

水面下で、間者たちの暗闘は絶えず行われている。

そんな中、新たな闇の勢力が立とうとしていた。

侠《きょう》の者たちである。

侠《きょう》とは、強きを挫《くじ》き、弱きを助けることであり、それを建前にした武力集団の総称でもある。公憤や義憤、忠義を義とし、様々な英雄譚《えいゆうたん》を生み出している。

反乱軍にはこれまでも、侠気《きょう》取りの者や、白蓮に呼応した侠《きょう》の人々はいたが、侠《きょう》の集団の多くは、あくまでも明の傘下であり、税を支払い、労役を課されていた。

しかし、それまで静観の構えをとっていた侠《きょう》の集団は、ある時から李自成《りじせい》や張献忠《ちょうけんちゅう》らと連絡を取り合う関係となっていた。

理由は、流民の増加である。

この頃、大陸では数万人規模の流民は珍しくなかった。

陝西《せんせい》だけでも流民は十万人近い。

彼らの多くは反乱軍や、大規模な侠《きょう》の集団を頼って衣食住を求めた。

しかし、それらも既に限界に近づきつつあった。

李自成《りじせい》の軍師、李巌《りがん》は侠《きょう》の力に注目し、竜媒《りゅうばい》を伴ってある男を訪ねた。

延安府《えんあんふ》の大侠客《だいきょうかく》、羅汝才《らじょさい》である。

齢は今年で四十五になり、普段は質屋として暮らしているが、その実、陝西《せんせい》の侠《きょう》客集団、九紋会《くもんかい》の大親分である。

身体は虎のように逞《たくま》しく引き締まっており、武術全般の達人でもある。

全身には九匹の龍が彫られており、眼は鋭く顎は尖っている。

李巌《りがん》が質屋に入ったとき、すぐに羅汝才《らじょさい》らしき人物が現れた。

灰色の平服を着て、表情は穏やかだった。

「いらっしゃい。ご用件は何でしょうか？」

「俺は李巌《りがん》、こっちは俺の妻の竜媒《りゅうばい》だ」

「李巌《りがん》様と竜媒《りゅうばい》様ですか。噂は、かねがね聞き及んでいます」

「余り良い噂じゃないだろうがな。それより、お前と話がしたい」

「宜《よろ》しいでしょう。でもその前に」

「ああ、この勘合《かんごう》か。こんなもの、本当に役に立つのか？」

李巌《りがん》は懐から紙を取り出した。文字は真ん中で半分に切れている。

「恐れ入ります。用心は必要ですから、ね」

羅汝才《らじょさい》もまた懐から紙を取り出した。これもまた、文字が半分に切れている。

羅汝才《らじょさい》は二つの紙をくっつけて、間違いがないことを確かめると、にっこり微笑んだ。

「李巌《りがん》様で、間違いはなさそうですね」

「俺みたいな顔の奴はそうそういないからな」

「楊成祖《ようせいそ》、王隆《おうりゅう》、お客様をご案内しなさい」

羅汝才《らじょさい》が店の奥へ名前を呼ぶと、剣を腰に差した中年の男が二人出てきた。

二人共、にこやかに微笑んでいる。

「李巌《りがん》様、竜媒《りゅうばい》様。では、こちらへ」

二人を先頭に、李巌《りがん》らは店の奥へ案内された。

奥に歩いていくと、段々と闇が濃くなってきた。

「足元にお気を付けください」

先頭の二人が蝋燭《ろうそく》を灯し、その後を付いて行く。

ゆるやかな階段を降りて、暫《しばら》く進むと、薄暗い部屋に出た。

よく見ると、まるで皇帝の寝室のように広い部屋だった。

柱には太い蝋燭《ろうそく》が立てられており、離れていても、お互いの顔は辛うじて見えるくらいだった。

やがて、羅汝才《らじょさい》がやってきた。

紅い礼服を着て、李巌《りがん》らと向かい合うように着座した。

李巌《りがん》らも、あぐらで腰を下ろした。

「お待たせを致しました。私が、羅汝才《らじょさい》です。向かって右にいるのは楊成祖《ようせいそ》、左は王隆《おうりゅう》です」

羅汝才《らじょさい》の隣にいる二人が、深々とお辞儀をした。

楊成祖《ようせいそ》の方は穏やかな表情をしているが、王隆《おうりゅう》は厳しそうに眼を光らせている。

「李巌《りがん》殿、私は楊成祖《ようせいそ》と申します。遠路はるばるご足労頂き、恐悦の至極です」

「そんなに離れてはおらぬではないか。それに、手を組むのだから、恐悦なぞするな」

「はは、なかなか手厳しいですな」

「俺は正直だからな。無礼なことを言ったら、忘れてくれ」

「李巌《りがん》殿は、なかなか面白いことを仰《おつしや》る」

楊成祖《ようせいそ》はふふっと笑った。

王隆《おうりゆう》は眉間に皺《しわ》を寄せている。

羅汝才《らじよさい》はまるで鉄の仮面を付けているようであった。目を瞑《つむ》り、口を結んだまま、眉一つ、動かしていない。

「李巌《りがん》殿、まだ、我らは李自成《りじせい》殿と手を結ぶとは決めておりません。全ては、この会見と、羅汝才《らじよさい》様の御心次第です」

「声を掛けたのは、其方《そなた》ではないか」

「李自成《りじせい》殿がどのような方なのかを、見極めねばなりません。本日、李自成《りじせい》殿はいらっしゃらないのですか？」

「李自成《りじせい》？　彼奴《あいつ》はろくな男じゃない。だが、面白い奴だ」

「我ら侠《きよう》は、義理を大事にします。李自成《りじせい》殿は義理を守るお方ですかな？」

「李自成《りじせい》は義理を守る。ただ、俺は義も礼も知らん。お前らとは、合わんだろうな」

「はは、そのようですな。王隆《おうりゆう》は、何かあるか？」

促された王隆《おうりゆう》は李巌《りがん》を一瞥《いちべつ》すると、眼を怒らせながら立ち上がった。

「李巌《りがん》！　お前は、わざと恨みを買いたくて来たのか？」

「そんな訳なかろう」

「お前の物言いは我慢ならん！」

「そのときは忘れろ、と言ったはずだが？」

「報恩報仇《ほうおんほうきゆう》は侠《きよう》の基本だ。そう簡単に忘れられるか！」

突然の王隆《おうりゆう》の権幕に、李巌《りがん》はため息をついた。

「時間の無駄だったか。竜媒《りゆうばい》、帰ろう」

「お前たちが生きて帰れるかは、此方《こちら》次第なのだぞ？」

「なんだ？　お前は王隆《おうりゅう》とかいったな。俺とやろうっていうのか？」

李巌《りがん》は座ったまま、四尺五寸の日本刀の鍔《つば》に手をかけた。

「ほざいたな、李巌《りがん》！」

王隆《おうりゅう》もまた、剣の柄に手をかけた。

刹那《せつな》、羅汝才《らじょさい》の眼が、かっと開いた。

刺すような、鋭利な眼光だった。

その視線は、王隆《おうりゅう》に向けられた。

「王隆《おうりゅう》、座れ」

重く、太く、よく響く声だった。

羅汝才《らじょさい》の一言《ひとこと》で、王隆《おうりゅう》は着座した。

いい声だ。そしていい眼をしている。

李巌《りがん》はにっと笑うと、羅汝才《らじょさい》の眼をじっと見つめた。二人の視線が、交差した。

「李巌《りがん》、お前は良い眼をしているな」

「それはお前もだ。どうだ？　俺を軍師に雇ってみないか？」

「それは、道義に悖《もと》る行為だ。お前の主は、李自成《りじせい》殿だ」

「道義、か。暫《しばら》く聞いていなかった言葉だ」

「道義は何よりも重い。それは悪を行うにも必要だ」

「悪党の道義とは面白いな。侠《きょう》とは、そういう考え方をするのだな」

「己の道を定めること、これが道だ。契りを忘れぬこと、これが義だ」

「お前の道義とやらは、どうも古臭いな。だが、理《ことわり》に適っている」

「これが悪党の理《ことわり》だ。理《ことわり》に適わぬことはせん」

「なんとも古臭い考え方だが、気に入ったぞ、羅汝《らじょ》才《さい》」

「お前たちにとっての理《ことわり》とは何だ？　民を救うことか？」

「違う。俺たちの理《ことわり》は、天命だ」

「お前たちの天命とは？」

「何の迷いも疑いもなく、己の力と命を信じきることだ」

「それが、李自成《りじせい》殿の天命か」

「彼奴《あいつ》は簡単に天命を試すがな。傍《そば》にいて、中々に退屈しない」

「そうか。俺たちとは別種の男のようだ」

「だが、通じ合える」

「その理由は？」

「男として、譲れないものを心に持っている。それは、お前と同じだ」

「全く別種、とも言い切れんか」

李巌《りがん》はうなずくと、ゆっくりと、頭を垂れた。

「李自成《りじせい》と、会っては貰えんだろうか？　お前ならきっと、良き友となれる」

羅汝才《らじょさい》もまたうなずくと、襟元を正した。

「よかろう。李自成《りじせい》殿と会おう！　李巌《りがん》、案内せよ」

羅汝才《らじょさい》は腰を上げた。

楊成祖《ようせいそ》と王隆《おうりゅう》もまた、羅汝才《らじょさい》に礼をしてから立ち上がった。

すると部屋の奥から、剣を帯びた十人前後の子分たちが現れた。

羅汝才《らじょさい》は李巌《りがん》を見てふっと笑った。

「悪くは思わんで欲しい。用心は必要だから、な」

「悪党同士が手を組むのだ。気にするな」

李巌《りがん》もまた笑った。

李自成《りじせい》が籠る盤龍山《ばんりゅうさん》への出立《しゅったつ》は、その日の正午だった。

羅汝才《らじょさい》、李巌《りがん》、側近の楊成祖《ようせいそ》と王隆《おうりゅう》、十人前後の子分たちがいた。

行く途中、刺青を彫った侠客《きょう》たちが何人も合流した。盤龍山《ばんりゅうさん》に着く頃には、三百人ほどの数になっていた。

やがて一行は、盤龍山《ばんりゅうさん》の頂上に敷かれた兵舎に通された。

羅汝才《らじょさい》は、李自成《りじせい》と二人きりで話すことになった。

相手をよく知りたい。羅汝才《らじょさい》と李自成《りじせい》、双方の望みであった。

兵舎の奥の一室で、机と椅子、茶が用意された。

机を挟んで、李自成《りじせい》と羅汝才《らじょさい》が互いに向き合う格好だった。

「私が、李自成《りじせい》です」

「羅汝才《らじょさい》です。どうぞ、よろしく」

互いに、良い声だと思った。

どこか似た雰囲気を感じ取りながら、会見が始まった。

「羅汝才《らじょさい》殿。まずは、軍師の非礼をお詫び致します。ご不快に思われたでしょう?」

「嘘をつかない分、むしろ安心しましたよ。お陰で、斬らずに済んだ」

「軍師から聞きましたが、羅汝才《らじょさい》殿のご舎弟《しゃてい》まで怒らせたとか」

「私の舎弟らもまた、嘘をつく者は少ない。正直者同士、腹を割って話せましたな」

「それは、かえって良かったのかもしれませんね」

二人共、くすっと笑った。

「李自成《りじせい》殿。私が見たところ、貴方《あなた》はまあまあの嘘つき具合ですね」

「羅汝才《らじょさい》殿は、嘘をつかないのですか?」

「幾らか、つきます。だがそれは、相手を騙す手段ではない」

「それでは、何の為に?」

「心の中で、自分に正直でいる為です」

「なるほど。では、私は正直に参りましょう。我が軍師のように」

李自成《りじせい》は茶を一口含んだ。

風が、窓の隙間から吹いてきた。

「羅汝才《らじょさい》殿、貴方《あなた》が兵を挙げたとき、その数は?」

「少なく見積もって、一万」

「なんと!」

「鍬《くわ》を剣に持ち替えた者が八割、残り二割は私の舎弟たちです。まともに戦えるのは八千人前後でしょうな」

「これで、延安府《えんあんふ》を占拠できる目途が立ちます。侠《きょう》の力が、これほどとは！」

「しかし、これらを纏められるのは、私だけです」

「どういう意味です？」

「我ら侠《きょう》の道義を、守って頂きたい」

「道義の意味は、軍師から聞いております。立派な、心がけです」

「侠《きょう》の道義に反したとき、それ即ち、我ら全員が、李自成《りじせい》殿の敵になることを意味します。それを、御承知か？」

「心得ております」

「随分、気軽にお返事されましたな」

「白蓮の徒も、侠《きょう》の人々も、百姓も、駅卒も、それぞれに道義があり、生きる道があります。私の天命は、それらと共にあります」

「では、あえて聞きましょう。貴方《あなた》の、天命とは？」

「魂の感じるまま、赴《おもむ》くままに、駆《か》ける」


颪は、静かだった。

羅汝才《らじょさい》は、茶を一気に飲み干した。

「この羅汝才《らじょさい》にも、道義がある。しかし今は、貴方《あなた》と駆けよう。李自成《りじせい》殿」

羅汝才《らじょさい》は、李自成《りじせい》に向かって拳を伸ばした。

李自成《りじせい》はうなずくと、無言のまま、拳を合わせた。

会見は、終わった。

夕陽遠く去り行く羅汝才《らじょさい》らを、李自成《りじせい》は盤龍山《ばんりゅうさん》の頂上で見送った。

李巌《りがん》が、李自成《りじせい》の真横に腰を下ろした。

「李自成《りじせい》よ。随分、仲良くなったようだな。俺の見立て通りだ」

「残念ながら、お前の見立ては外れただ、李巌《りがん》」

「何故だ。盟を結んだではないか」

李巌《りがん》は不思議そうに李自成《りじせい》を見つめた。

李自成《りじせい》は、無表情だった。やや不機嫌そうな雰囲気もある。

「李巌《りがん》。侠《きょう》とは、不思議なものだな。駅卒の俺には、分からないところが沢山ある」

「侠《きょう》は掴みどころのない者たちだ。ある意味、信仰を旨とする白蓮の徒より厄介な連中だ」

「俺の天下に、果たして羅汝才《らじょさい》は要るのだろうか、李巌《りがん》」

「そういうことを言うのは、俺の前だけにしろよ。他の者に聞かれては困る」

李巌《りがん》もまた、不機嫌そうな表情になった。

「李巌《りがん》よ。彼奴《あいつ》らの道義の中に、果たして天下は含まれているのか？」

「あぶれ者たちの生きる術《すべ》なのだ。今は勘弁してやれ」

李自成《りじせい》は無表情のまま、羅汝才《らじょさい》の背中を見つめていた。

暫《しばら》くした時、二人の背後に影が立った。

李巌《りがん》が振り向くと、董生《とうせい》がいた。

「どうした、董生《とうせい》。今日は何人殺した」

「殺してはいません。一人、捕らえました」

「何故だ。早く殺せ」

「女です。峨嵋刺《がびし》を懐に隠し持って、毒を塗っていました」

「女だと？　舐《な》められたものだ」

峨嵋刺《がびし》とは点穴針《てんけつしん》ともいい、先に鏃《やじり》がついた棒状の暗器である。主に首筋などの急所を狙うことに秀でている。

「董生《とうせい》、女を引き出せ」

「承知しました」

董生《とうせい》が指笛を吹く、その部下数人が女を引きずってきた。

女はだいぶ痛めつけられたようで、衣服は破れ、口の端からは血が流れ出ている。血に濡れているが、おおよそ二十を過ぎた頃の顔に見える。

「この女、山の北辺りに隠れておりまして、我が手の者が見つけ出しました」

「董生《とうせい》、何か聞き出せたか？」

「報恩報仇。それしか言うておりません。李巌《りがん》様」

「この女も、侠《きょう》か」

侠《きょう》とは何とも不可思議な連中だ。

李巌《りがん》は眉間に皺を寄せた。

「李自成《りじせい》に恨みを持つ者は多かろうが、果たして東廠《とうしょう》の手の者か」

「無理やり、吐かせましょうか？」

「できるのか？」

「目を焼き、指を削ぎ落します。これで何も吐かない間者はいません」

「やめておけ。侠《きょう》の者たちは、決して口を割らん」

李巌《りがん》は女に近付くとしゃがんだ。

女は俯いているが、眼の光は消えていない。董生《とうせい》の部下たちが手を離せば、すぐに襲い掛かってくるだろう。

「おい、女。理由《わけ》を俺に話してみろ。場合によっては、李自成《りじせい》に会わせてやる」

女は、何も喋らない。

「俺は李巌《りがん》という。一応、李自成《りじせい》の軍師をやっている。李自成《りじせい》に恨みがあるなら、その理由を話してみろ」

女はまた、何も喋らない。

「困ったな」

李巌《りがん》が頭をかいていると、突然、女が暴れ出した。

気付くと、李巌《りがん》の隣に李自成《りじせい》が立っていた。

李自成《りじせい》は無表情のまま、女を見下ろしている。

「李巌《りがん》、こいつも侠《きょう》か」

「侠《きょう》、のようだ。この女は、お前を殺すまで止まらんだろうな」

李自成《りじせい》は剣を抜いた。女は今にも飛びかかろうと藻掻《もが》いている
「女、俺に恨みがあるなら聞こう。死ぬ前に、何か言いたいことはあろう？」

「お前は、養父《ちち》の仇だ！」

女が叫んだ。

「俺とお前の養父に、どんな関係がある」

「私の養父の武《ぶ》は、お前の軍に加わろうとした。ところが、東廠《とうしょう》の間者と間違えられて、殺された！」

「それは気の毒なことをした」

「お前は物事の道義を知らない、駅卒のでき損ないだ！」

「また、道義か。女、お前の名前は？」

「青娥《せいが》」

「青娥《せいが》か、お前は血にぬれているが、美しい。俺の嫁にならんか？」

青娥《せいが》は一瞬ぽかん、と口を開けた。だが、次には怒りの表情に戻った。

「李自成《りじせい》！　お前は、私を誑《たぶら》かすのか！」

「本気だ。俺は将来、黄服を着る。お前は妃《きさき》だ」

「ふざけるな！　そんなこと、信じられるか！」

「青娥《せいが》、恨みを晴らすまで、何度でも俺を殺しに来い」

李自成《りじせい》は、董生《とうせい》に顔を向けた。

「董生《とうせい》。此奴《こいつ》を山の麓に捨てに行け」

「御意」

「未来の妃だ。殺すなよ」

董生《とうせい》は拱手《きょうしゅ》すると、部下と共に姿を消した。

「李自成《りじせい》！　絶対、絶対、後悔させてやる！」

山々の向こうまで、青娥《せいが》の叫びが木霊《こだま》した。


～～～～～～～～～～～～～～～～～～～～


大陸には古来より、天府之国《てんぷのくに》、と呼ばれている地域がある。

大陸の西南、成都《せいと》を府都とする四川である。

急峻な山岳地帯に囲まれながら、東には盆地があり、温暖で肥沃な大地が広がっている。また、大陸の内陸部でありながら、瀘沽湖《ろここ》という巨大な湖から海老などの水産物も採れるため、他の地域と比べ大変に豊かであった。

大陸全土に起きた凶作や、朝廷の混乱など、四川もまた無縁ではなかったが、暴動や反乱も早期に討伐され、大事には至らなかった。

明代ではおおよそ、三百万を超える人口であったと伝わっている。

各地域から商人らが出入りし、大通りでは人が溢《あふ》れていた。

そんな中、その通りから一本外れた路を駆けていく少女がいた。

齢は七歳を過ぎた頃、紅《あか》いしっかりした服を着ているが袖をまくって、右手には棒を持っている。

その後ろから、数人の少年、そして肉屋の格好をした肥満体《ひまんたい》の男が追いかけている。

「待て、小僧共！　俺の豚をいじめやがって！」

男は大声で怒鳴りながら走るが、すぐに息切れしてしまった。

「今度やったら、げんこつしてやるからな！」

男は肩で息をしながら、ぷりぷり怒って去って行った。

少女と少年たちは通りを走り抜けると、また違う路地に入って走り続けた。

路地を抜けると、目の前に大きな館があった。

少女を先頭に、少年たちもその館に入った。

少年たちは、ぜいぜいと息を吐きながら座り込んだ。少女は息切れ一つしていない。

「英《えい》！　お前は本当に足が速いな！」

「みんなが遅いだけ！」

英《えい》、と呼ばれた少女は、自信満々に少年たちを見下ろした。

やがて、英《えい》は館の中へ入って行った。

英《えい》を出迎えたのは、五十を過ぎた頃の女だった。

上等な白い着物の上に、南蛮渡来の外套《がいとう》を羽織っている。

女は持っていた煙管《キセル》を置くと、英《えい》の方へ近づいて微笑んだ。

「おかえり、英《えい》。その様子だと、また豚ちゃんをいじめたのね」

「秦《しん》おばさん！」

英《えい》は、秦《しん》おばさんと呼ばれた女に抱き付いた。

「英《えい》。あんまり豚ちゃんをいじめちゃ駄目よ。今頃、豚ちゃんは泣いてるわ」

「ごめんなさい」

「今度は、肉屋さんに捕まってげんこつされちゃうかも」

「大丈夫！　秦《しん》おばさんのところへ行けば、げんこつされないから！」

「まあ、悪い子ね」

秦《しん》おばさんはこつん、と英《えい》の額にこぶしを当てた。

「でもね、英《えい》。おばさんは明日からちょっとの間、留守にするわ」

「なんで？」

「この国が、いじめられてるの。それを、おばさんが助けにいくの」

「国が、いじめられてる？」

英《えい》は首をかしげた。

秦《しん》おばさんはにっこり笑うと、英《えい》の頭を撫でた。

「外のみんなを、呼んできなさい。今日は、甘い饅《まん》頭《とう》を焼いてあげる」

英《えい》は目を輝かせながら、外にいる少年たちを呼びにいった。

一刻後、机に椅子を並べて子供たちは饅頭を食べた。その最中、少年の一人が英《えい》に話しかけた。

「英《えい》、知ってるか？　雲が出てくる石のこと」

「知らない」

「今日の肉屋の近くに塔があったろ？　あそこには神様の石があって、夜に雲が出るんだよ。昨日の雨はそのせいなんだって」

「どうして？」

「それが不思議なんだよ。行ってみないか？」

「行く！」

子供たちは雲の出る石の噂話で盛り上がった。石から出た雲からは、いい匂いがするらしい。時折、鬼が出て、その笑い声がするらしい。

秦《しん》おばさんは無言のまま、それらを聞いていた。

その日の夜、英《えい》は塔に行った。

昼間、子供たちは英《えい》を混ぜて七人いたが、みな怖がって、結局は英《えい》が一人で向かうことになった。

英《えい》は棒を片手に、塔の中を進んだ。

途中の階段を上っていると、噂通り、いい匂いがしてきた。

やがて階段を上りきると、石の置かれている部屋に入った。

男たちの笑い声がする。

英《えい》が近付くと、石の傍に座っていた男たちが一斉に立ち上がった。

「誰だッ！」

男の一人が怒鳴った。

男たちはみな、黒い面を付けていた。

石の近くには、粥を煮た鍋が置いてある。

英《えい》はびっくりして、尻もちをついた。

「何だ、子供か」

男たちは面を付けたまま、英《えい》の前に立った。

「子供とはいえ、俺たちを見ちまったんだ。殺すか？」

男の一人が、佩《は》いていた剣を抜いた。

その刹那、何かを叩いたような鈍い音がした。

剣を抜いた男が頭を押さえながら倒れた。

外套《がいとう》を翻しながら、秦《しん》おばさんが英《えい》の前に現れた。

「お前、秦良玉《しんりょうぎょく》！」

男たちが一斉に剣を抜いた。

秦良玉《しんりょうぎょく》、と呼ばれた女は、咥《くわ》えていた煙管《キセル》を離すと、すうっと白い煙を吐いた。

「秦良玉《しんりょうぎょく》！ お前は親分の仇《かたき》だ。生きて帰すものか！」

頭領らしき男の一人が面をとった。顔に、斜めの切り傷がある。

「秦良玉《しんりょうぎょく》。忘れたとは言わせんぞ？ お前は奢崇明《しゃすうめい》親分を殺した。あれは、腐敗しきった明を倒す為に立ったのだ。国を救う為に、俺たちは立ったのだ！」

九年前、奢崇明《しゃすうめい》という土司《どし》がいた。

土司《どし》とは、古くから住み着いている人々を束ねている長で、朝廷から官位を与えられ、自治を認められている。なお秦良玉《しんりょうぎょく》もまた、土司《どし》である。

奢崇明《しゃすうめい》は腐敗を極める朝廷に怒り、後金討伐を名目に数千人規模の子分と共に兵を挙げた。

そこに一部の農民やあぶれ者らが加わり大規模な反乱となったが、秦良玉《しんりょうぎょく》らの反攻を受けて、次第に統率がとれなくなり、余計に民を苦しめることになった。やがて奢崇明《しゃすうめい》は秦良玉《しんりょうぎょく》とその一家に斬られ、乱は鎮圧される結果となった。

秦良玉《しんりょうぎょく》は煙管《キセル》を懐にしまうと、切り傷の男をじっと見つめた。

「切り傷の男。お前、名前は何と言うんだい？」

「奢崇明《しゃすうめい》親分からは、圭《けい》と呼ばれていた」

「圭《けい》。仇を報いることに、国家を持ち出すのは辞めな。男が下がるよ」

「何だと！」

「男として、侠《きょう》として、仇を討ちたいなら、変に理由をつけたり、こそこそ逃げ回る必要はない。あたしは、何時《いつ》でも受けて立つよ」

「ほざいたな！　みんな、いくぞ！」

男たちが剣を構えた。

しかし、誰も斬りかからない。いや、斬りかかれない。

「秦良玉《しんりょうぎょく》は丸腰だ！　みんな、どうしたんだ！」

秦良玉《しんりょうぎょく》は剣を持っていなかった。

しかし、剣に勝る武器を持っていた。

眼光と気、である。

眼から放つ光に当てられた者は、蛇に睨まれた蛙のように動けない。また、全身から微かに滲んでくる大きく重い気は、その場を満たしている。

圭《けい》たちの手が震えてきた。汗が滲み、剣先がぶれている。

秦良玉《しんりょうぎょく》は眉一つ、動かしてはいない。

「圭《けい》。お前たちはそれでも侠《きょう》かい？　情けない」

「何を言うか！」

「お前たちはこの九年の間に、道義や誇りを失ってしまった。そんなへっぴり腰じゃ、あたしは斬れないよ」

「まだ、減らず口を叩くか」

「それに、お前たちはこんな小さい女の子まで斬ろうとした。それが、侠《きょう》かい？」

「俺たちは」

「それが、お前たちの親分、奢崇明《しゃすうめい》殿の考え方なのかい？」

「違う。奢崇明《しゃすうめい》親分は義の人だ。そんなことは絶対にしない」

「あたしが斬った奢崇明《しゃすうめい》殿は、国士だった。国を救う誠《まこと》の気持ちを持っていたよ」

「なら、なんで奢崇明《しゃすうめい》親分を斬ったんだ？」

「それが、あの人にとっての誠《まこと》。男として、侠《きょう》としてのけじめを、奢崇明《しゃすうめい》殿は望んだ。あたしは、それに応えた」

「そんなことを、信じられるか！」

「お前たちが奢崇明《しゃすうめい》殿の心を受け継ぐんだ。九年間で、真っ黒に錆びてしまった誠《まこと》を、志を、道義を、よく思い出すんだ」

圭《けい》たちは、何も言えなかった。


暫《しばら》くして、その中の一人が剣を落とした。地に膝をついた。

涙を、ぽろぽろと落とし始めた。

男たちがみな、泣き出した。圭《けい》もまた、泣いていた。

翌日、成都《せいと》は大騒ぎだった。

四川の秦良玉《しんりょうぎょく》が、都へ発つ。

その知らせを聞いた民衆が、秦良玉《しんりょうぎょく》の軍勢を一目《ひとめ》見ようと、大通りに押し掛けた。英《えい》ら子供たちは、その中にいた。

「秦《しん》おばさん、いってらっしゃい！」

英《えい》が秦良玉《しんりょうぎょく》に手を振った。

秦良玉《しんりょうぎょく》は、白銀の鎧の上に南蛮渡来の外套《がいとう》を羽織り、煙管《キセル》を咥《くわ》えながら、民衆の歓声に応えるように手を振っている。その後方には、圭《けい》たちもいた。

正史において、列伝を持っている唯一の女武将、秦良玉《しんりょうぎょく》。

その軍勢が今、老いた龍を目覚めさせるべく歩み出した。

第八話　天稟《てんびん》

崇禎三年（西暦千六百三十年）、四月。

暖かい風が、盤龍山《ばんりゅうさん》の麓に吹いていた。

陝西《せんせい》反乱軍が鎮圧されてからも、反乱軍入隊を希望する者は多い。

明王朝が取り組んできた農地政策によって、民衆の食糧問題は少しずつ改善されているものの、未だ田畑を捨てた流民は、陝西《せんせい》一帯で十万人を超えている。

食い扶持《ぶち》を求める民は、鍬《くわ》を剣に替えて様々なところへゆく。

反乱軍、宗教結社、そして侠《きょう》。

闇の勢力が力を増すにつれて、反乱軍もまた、力を取り戻しつつあった。

現在、盤龍山《ばんりゅうさん》を守る兵は六千人前後いる。

実際に戦える兵は五千人ほどであるが、それでも首領の高迎祥《こうげいしょう》を除けば、傑出した人数といえる。

その殆どは、劉宗敏《りゅうそうびん》が調練をしている。

しかし、よく屯長《とんちょう》を斬る上、過酷な調練で新兵を何人も死なすので、兵たちから恐れられていた。

この日、劉宗敏《りゅうそうびん》は調練を終え、李自成《りじせい》や李巌《りがん》のいる陣屋に戻った。

李自成《りじせい》が、出迎えた。

「義弟《おとうと》、ご苦労だった。今日、死んだ者はいるか？」

「今日は新兵の李非《りひ》が死にました。俺の誤りで、死なせてしまいました」

「どんな、誤りをした？」

「李非《りひ》は元々、身体があまり丈夫な方ではありませんでした。それを俺は見抜けず、槍隊に組み込んでしまいました」

「そうか。それは、可哀そうなことをしたな。李非《りひ》の身内には、明日、私が詫びをいれよう」

「いや、兄者にさせる訳はいきません。今日、俺がいきます」

「しかしな」

「いつもの通り、俺は俺の役を果たします。では」

劉宗敏《りゅうそうびん》は拱手《きょうしゅ》すると、陣屋を出て行った。

李自成《りじせい》は、珍しく心配そうな表情になった。やがて、奥で胡坐をかきながら書状をしたためている李《り》巌《がん》のところへ向かった。

「軍師、相談があるのだが」

「豪傑がまた調練で人を死なせたのであろう？　それがどうした？」

「俺は、義弟《おとうと》が心配なのだ」

「なら、お前が代わりに詫びにいけ。だが間違っても、逆に怒って遺族を斬るなよ」

「義弟《おとうと》は、恨みを買いすぎている」

「珍しいな。お前が他人《ひと》を思いやるとは」

「義弟《おとうと》はいつも、俺の代わりに人を殺している。いつか、大変な目にあうかもしれない」

「それが、あの豪傑の役割だ。お前は最も楽をして、天下を得る」

李巌《りがん》はからからと笑った。

「軍師。笑いことではない」

「なんだ、急に人間の情がわいたのか？」

「義弟《おとうと》は特別だ」

「義弟《おとうと》とはいえ、特別というものを作るな。同じ軍にいる以上、みなが平等でなければならん。後で、必ず痛い目をみるぞ」

李巌《りがん》は一瞬渋い表情になった。そして、書き終えた書状をくるくると巻いて、横にいた間者の一人に渡した。

「羅汝才《らじょさい》への処方箋だ。最速で渡しにいけ」

「御意」

間者は姿を消した。

その日の夜、劉宗敏《りゅうそうびん》は李非《りひ》の家へ行った。

家には、李非《りひ》の母と若い女がいた。

女は髪に簪《かんざし》を挿しているが、二十を超えない頃の顔つきであった。

顔は、玉のように美しい。

劉宗敏《りゅうそうびん》は一瞬見とれたが、すぐに表情を引き締めた。

「李非《りひ》のことで、話があるのだ」

劉宗敏《りゅうそうびん》が、李非《りひ》が死んだことを告げた。

すると二人共、声をあげて泣き出した。

李非《りひ》の母が目を赤くしながら、劉宗敏《りゅうそうびん》を睨みつけた。

「よくも息子を！　李自成《りじせい》様は義の人だと聞いていたのに！」

「違う！　殺したのは俺だ。俺が、悪いのだ」

「なんと恨めしい！　いいかい？　李非《りひ》は三日後、この人と結婚するはずだったんだよ！」

李非《りひ》の母は、泣いている隣の女を指さした。

女もまた、目を赤くしながら劉宗敏《りゅうそうびん》を睨みつけている。

女は髪に挿していた簪《かんざし》を抜いた。

「私は、貴方《あなた》を絶対に許さない。貴方《あなた》を刺し殺して、私も死にます！」

女は簪《かんざし》の切っ先を劉宗敏《りゅうそうびん》に向けると駆けだした。

劉宗敏《りゅうそうびん》は、動かない。やがて家の中で、肉を割いた音がした。

簪《かんざし》は、劉宗敏《りゅうそうびん》の腹の横に刺さっていた。血が、たらたらと床に垂れている。

劉宗敏《りゅうそうびん》は微動だにせず、女の眼を覗き込んだ。

「お嬢さん、名前は？」

「貴方《あなた》には、名乗りません」

「名乗らなくてもいい。俺を幾ら恨んでもいい。逃げはしない」

劉宗敏《りゅうそうびん》は刺さった簪《かんざし》を抜くと、女の手に返した。

「李非《りひ》の遺体は明日の朝、必ず届ける」

劉宗敏《りゅうそうびん》は去って行った。

翌日、棺に納められた李非《りひ》が、家へ届けられた。

劉宗敏《りゅうそうびん》もまた、白服で棺を担いでいた。

白く冷たくなった李非《りひ》を見た瞬間、二人は大声をあげて泣き出した。

半ば狂うように泣く二人を、劉宗敏《りゅうそうびん》はただじっと見ていた。

李非《りひ》の遺体は、家の傍に葬られた。

その場には、小さな墓石が立てられた。

棺を運んできた兵士たちは帰った。しかし、劉宗敏《りゅうそうびん》は墓石の前で立ち続けていた。

「いつまで其処《そこ》にいるんだい！　殺すよ！」

李非《りひ》の母が怒鳴ったが、劉宗敏《りゅうそうびん》は動かなかった。

急に雨が、降って来た。

二人は急いで家へ入ったが、劉宗敏《りゅうそうびん》は立ったままだった。

劉宗敏《りゅうそうびん》の肩を、大粒の雨が叩いた。

それでも、墓石の前に立ち続けた。


やがて雨が降りやまないまま、夜になった。

劉宗敏《りゅうそうびん》は、立ったままだった。

女が、家から出てきた。

「いつまで、そうしている気なの？」

「これが俺の、弔いのやり方です。三日間、喪に服します」

「貴方《あなた》は、自分の兵を簡単に殺すそうね」

「殺します。それが、俺の役割です」

「なぜ、李非《りひ》を殺したの？」

「俺が至らなかったのです」

「哀れな男ね。自分で殺しておいて、喪に服すなんて」

「全ては兄者の為です」

「李自成《りじせい》様はもっと、信義に篤い人だと思っていた」

「兄者は、大きな天命のもと、生きておられる」

「なぜ、貴方《あなた》は人を殺すの？」

「兄者の天命のもと、俺は生きています。ゆえに、殺します」

「貴方《あなた》の意思は？」

「それは」

女の問いかけに、劉宗敏《りゅうそうびん》は言葉を詰まらせた。

「貴方《あなた》は、誰かを思いやったり、自分を大切にしたり、そういう感情はないの？」

「俺は、李非《りひ》や、多くの兵を殺しました。そういったものとは、無縁な生涯です」

「それじゃ、李非《りひ》が浮かばれないわ」

女は雨の中、歩み出すと、劉宗敏《りゅうそうびん》の横に立った。

「生きて、劉宗敏《りゅうそうびん》。李非《りひ》の分まで、生きて」

雨が激しくなってきた。劉宗敏《りゅうそうびん》の頬を、熱い雫が濡らした。

三日の間、劉宗敏《りゅうそうびん》は立ち続けた。

そして三日目の夜、劉宗敏《りゅうそうびん》は墓石に一礼すると帰途についた。

綺麗な月だった。

新緑の風が、肌に触れた。

声が、聞こえる。

遠くの方で、手を振る者がいる。

劉宗敏《りゅうそうびん》は目を凝らした。

よく見ると、月明りに照らされた李自成《りじせい》だった。

劉宗敏《りゅうそうびん》は目を見開きながら、速足《はやあし》で近付いた。

「兄者！　こんなところに来ちゃいけねえ。東廠《とうしょう》の連中に見つかっちまう」

「義弟《おとうと》の様子が心配になってな。雨の中、三日も留守にするから、黒戴《こくたい》まで寂しがっていたぞ」

李自成《りじせい》は二頭の馬を連れていた。

黒戴《こくたい》は一声《ひとこえ》鳴くと、劉宗敏《りゅうそうびん》にすり寄ってきた。

「義弟《おとうと》よ。久々にやらないか？」

「いいぜ。勝った方が兄だ」

「ようし。受けてたとう」

二人は馬に跨《またが》った。

「いくぞ、黒戴《こくたい》！」

劉宗敏《りゅうそうびん》が黒戴《こくたい》の腹を蹴った。

黒戴《こくたい》が走り出した。一歩遅れて、李自成《りじせい》も馬の腹を蹴った。

月明りの下、二人が駆けた。

暫《しばら》くすると、先頭の劉宗敏《りゅうそうびん》と李自成《りじせい》の間に距離が出てきた。

「李自成《りじせい》！　駅卒を辞めて、腕が鈍ったんじゃないか！」

「勝負はこれからだぞ、劉宗敏《りゅうそうびん》！」

李自成《りじせい》は鞭《むち》を持ち替えると、馬の尻を二回叩いた。すると、李自成《りじせい》の馬の肢が非対称的に動き出し、四肢が宙に浮いた。李自成《りじせい》もまた、馬の呼吸と息を合わせるように動いた。

距離が、どんどん縮まっていく。

先頭の黒戴《こくたい》が泡を吹きだした。

「頑張れ、黒戴《こくたい》！　もう少しだ！」

劉宗敏《りゅうそうびん》が叫んだ。しかし次の瞬間、劉宗敏《りゅうそうびん》は黒戴《こくたい》の背から投げ出された。黒戴《こくたい》も二歩、三歩と歩いて倒れた。

「いやァ負けた！　俺の負けだ、兄者」

劉宗敏《りゅうそうびん》はぜいぜいと息を吐きながら、道端の野原に寝転がった。

「だらしないぞ、義弟《おとうと》！」

李自成《りじせい》もまた笑いながら、野原の上へ勢いよく寝転がった。

澄んだ月だった。

眩《まばゆ》い明かりが、二人を照らした。

「義弟《おとうと》。俺は、お前がもう帰って来ないと思ったぞ」

「天命にかけて、契りを忘れはしません。俺のいる場所は、いつでも兄者の隣です」

「いつでも去っていい。好きなように、生きてもいい。俺は恨まないぞ」

「兄者は、俺の誇りです。それに、居心地は悪くない。しかし」

「しかし？」

「軍師が、気に食わない。あの禿《はげ》、いつも俺たちを下に見てやがる」

「同感だ。しかし彼奴《あいつ》は一度、皇帝になった男だからな」

「何だそれ？」

「お前は聞いていなかったか。俺たちと出会う前、彼奴《あいつ》は日頃より黄袍を纏い、あばら家を宮廷と称し、泰山にも登って一人で封禅の儀を執り行ったらしいぞ」

「何か、頭が痛くなってくるな。彼奴《あいつ》、本当に馬鹿なんじゃないのか？」

「驚くべきことに、それが俺たちの軍師だ」

「兄者。俺、去ってもいいかな？」

「その時は、俺も連れて行ってくれ。軍師様お一人にしよう」

「そうだ、そうしよう！」

二人はげらげらと笑った。

しかしそのうち、劉宗敏《りゅうそうびん》は真顔になっていった。

李自成《りじせい》が、訝《いぶか》しんで顔を覗き込んだ。

「どうした、義弟《おとうと》」

「兄者。もしかして軍師は、謀反を企んでいるんじゃないか？」

「謀反を？　信じたくはないが」

「彼奴《あいつ》、龍華会《りゅうかかい》と結託して、無縫軍《むほうぐん》っていうの作ったろ？　あれは、存外に危ないぞ」

「確かに、彼奴《あいつ》が裏切れば、俺たちはあっという間に首になる」

「だろう？　俺は軍師が嫌いだから、そう見えるのかもしれないけれど」

「分かった。軍師の動向には、注意しておこう。俺も、軍師は嫌いだからな」

「好き嫌いの話なら、兄者は、張献忠《ちょうけんちゅう》や羅汝才《らじょさい》のことはどう思っているんだ？　仲は良さそうに思えたが」

「太平の世なら、彼奴《あいつ》らとは良き友になれたかもしれない」

「今は、乱世だ」

「そうだ。ゆえに彼奴《あいつ》らは、俺が踏み越えて行かねばならん男たちだ。特に、張献忠《ちょうけんちゅう》が気に食わない」

「兄者は、張献忠《ちょうけんちゅう》と仲良さそうだったじゃないか」

「彼奴《あいつ》は、俺に似ている」

「似た者同士、気が合うんじゃないのか？」

「張献忠《ちょうけんちゅう》は、俺の鏡だ。しかし、奴は孤独だ。もし、お前と出会わなかったら、俺もああなっていたかもしれない」

「羅汝才《らじょさい》は、別なんじゃないのか？」

「どうしてそう思う」

「侠《きょう》ってさ、俺ら兄弟の考えに近いと思うんだ」

「確かに、そうかもしれない。しかし俺は、どうも侠《きょう》というものを正確に掴み切れていないふしがある」

「この前、兄者が逃がした女も、侠《きょう》だったな」

「侠《きょう》とは何なのだ。見栄や建前で、どうして命までかけられる。ある意味では、白蓮の徒より厄介だ」

「彼奴《あいつ》らにも、守るべき誇りや思いがあるんじゃないのか？　でもいつか、きっと分かり合えるさ」

「義弟《おとうと》よ。お前の言葉は、軍師の言葉より重みがあるぞ」

「それなら良いんだが」

月が、照ってきた。

しかし李自成《りじせい》は、どこか浮かない顔をしている。

「義弟《おとうと》。お前には世話をかける。いつも、すまないな」

「兄者が謝ることじゃない」

「お前が俺の代わりに怒ってくれる。俺の代わりに人を殺す。だから俺は、義の人でいられる」

「それが俺の役割って訳さ。でも、今回のことで、少し変わった」

「どこが、どう変わった」

「俺は今まで、自分の兵を殺したとき、どこか誤魔化していた」

「お前は三日間、喪に服すではないか」

「喪に服しながら、自分の弱さとやましい気持ちを、覆い隠していた。兵が死ぬことは仕方がない、俺が悪い訳じゃない、と」

「それが、如何《いか》に変わった」

「俺は兵を殺すのと同時に、自分の心まで殺していた。魏忠賢《ぎちゅうけん》を憎んだ義憤も、新しい世を目指す志も、全て真っ黒な闇の中へ放り込んでしまった」

「李非《りひ》の家族から、何か言われたのか？」

「生きろ、と言われた。李非《りひ》の分まで生きろ、と」

「そうか」

「兄者。俺は生きるよ。たとえ犬や畜生と罵《ののし》られようとも、生きて生きて、生き続けなくちゃいけない。それが、李非《りひ》やその家族に対する、俺の誠《まこと》だ」

「それが、お前の天命なのかもしれないな」

李自成《りじせい》は改めて、劉宗敏《りゅうそうびん》の方へ顔を向けた。

眼《め》が、合った。

主君でも、兄でもなかった。出会った頃の、劉宗敏《りゅうそうびん》が最もよく知る眼だった。

「劉宗敏《りゅうそうびん》。俺はお前に、これからも辛い思いをさせてしまうだろう。だがどうか、俺に付いていきてくれ。お前の力が、どうしても必要なのだ」

「当たり前だ。俺はお前の大きな天命の下《もと》、男として生き抜くと決めた。共に、いこう」

劉宗敏《りゅうそうびん》はうなずいた。

二人は立ち上がると、そのまま馬を引いて行った。

月は煌々《こうこう》と輝いていた。

新緑の風が、二人の背を押した。

男には、歩まねばならぬときがある。戦わねばならぬときがある。

乱世の男として生まれた者として、行《ゆ》かねばならぬ道がある。

駅卒から大いなる天の下を進む男、李自成《りじせい》。

熱い血潮を滾《たぎ》らせた若き龍が、来たる時代へと駆け出した。


〜〜〜〜〜〜〜〜〜〜〜〜〜〜〜〜〜〜〜〜〜


人は、未知の巨大な何かに出会ったとき、様々な反応を示す。

恐れおののく者、興味を抱く者、喜びを感じる者。

二年前、北京近くに後金軍の一隊が迫ったとき、城内は叫喚《きょうかん》と騒乱《そうらん》に渦巻いた。

家財を背負って逃げ惑う者が大半であったが、中には一目《ひとめ》見に行こうとする者もいた。

即位したばかりの崇禎帝《すうていてい》は、ひどく恐れて慌てふためいた。それは、自ら救援に赴いた袁崇煥《えんすうかん》を、内通の罪で逮捕したほどであった。

北への玄関口である山海関と、北京はそう遠くない。しかし、多くの人々に去来したのは恐れであった。人の、未知への潜在的恐怖が露わとなり、先の騒動が起きた。

崇禎帝《すうていてい》は、今も恐れている。それは、後金に対してのみではない。

自らの信に反する全てを、崇禎帝《すうていてい》は恐れていた。

後《のち》のことではあるが、崇禎帝《すうていてい》の在位十七年の間に、全体的な政務を預かる宰相は五十人変わっている。国防を預かる兵部尚書に至っては、その多くが死罪か流罪を言い渡され、罷免《ひめん》されている。猜疑心《さいぎしん》の強い者や、優柔不断の者を指す言葉の一つに、崇禎の五十相《ごじゅうそう》、とあるように、当時の政治は崇禎帝《すうていてい》の機嫌一つで混乱をきたしていた。

そんな中、袁崇煥《えんすうかん》の罷免を聞いたホンタイジが再び兵を挙げた。

崇禎帝《すうていてい》は大陸全土に勤王令《きんのうれい》という援軍要請を出したが、呼応したのは秦良玉《しんりょうぎょく》のみであった。このホンタイジの出兵は、四つの城を焼かれる結果となったが、北京への進軍はなかった。それでも、崇禎帝《すうていてい》を始め、多数の者たちが後金を大いに恐れた。

徐光啓《じょこうけい》は、城内を走り回っていた。袁崇煥《えんすうかん》の、助命である。

そして漸《ようや》く、崇禎帝《すうていてい》への直訴が認められた。

早朝、徐光啓《じょこうけい》は礼服を纏い、参内した。

玉座に座る崇禎帝《すうていてい》は、ひどく不機嫌そうだった。

「徐光啓《じょこうけい》が、陛下へ拝謁致します」

「顔を上げよ、徐光啓《じょこうけい》」

「はは！」

顔を上げた徐光啓《じょこうけい》は、顔がやや青ざめていた。身体も小さく細くなっているようにも見えた。

「徐光啓《じょこうけい》。何をしに参った」

「陛下に置かれましては、ご機嫌麗しく」

「挨拶はよい。朕には、山のような量の仕事が残っているのだ」

「お忙しいところ、恐縮です。しかし、申さねばならぬことがあるのです」

「ほう、何だそれは」

「袁崇煥《えんすうかん》のことです」

崇禎帝《すうていてい》は眉間に皺《しわ》を寄せた。

「袁崇煥《えんすうかん》のことなど、どうでもよい！　彼奴《あいつ》は国賊だ！」

「恐れながら、袁崇煥《えんすうかん》は敵と通じてはおりません」

「お前も見たであろう？　あの連判状を」

「あれは、満桂《まんけい》ら副官が袁崇煥《えんすうかん》を追い落とす為に仕組んだものと推察致します」

「ならば、毛文龍《もうぶんりゅう》の件はどう思う」

「毛文龍《もうぶんりゅう》は後金と通じておりました。それを除くのは国士の務めかと」

「毛文龍《もうぶんりゅう》は仮にも明の臣である。それを勝手に裁くなど、あってはならぬ！」

「お怒りはごもっともです。しかし、毛文龍《もうぶんりゅう》は密かに、後金や日本らと貿易をし、利を貪っていた輩《やから》。誅《ちゅう》されるのは当然かと」

「徐光啓《じょこうけい》。お前らしくない物言いだな。法は国の基を為すもの。裁決を下すのは朕だ」

「仰せ、ごもっともです」

「袁崇煥《えんすうかん》が敵と通じたと申す者は、他にも大勢おる」

「恐れながら、毛文龍《もうぶんりゅう》は朝廷の臣らに賄賂を献じておりました」

「賄賂を受け取っていた者たちが、袁崇煥《えんすうかん》を憎み、讒言《ざんげん》をしている、と言いたいのか？」

「左様にございます」

「控えよ、徐光啓《じょこうけい》！　そのような証拠はない！」

徐光啓《じょこうけい》は何かを言いたそうであったが、やがて無念そうに目を落とした。

崇禎帝《すうていてい》は、眉を細めた。

「よいか、徐光啓《じょこうけい》。朕はそちを信任しておる。ゆえに、噂話などに惑わされてはならぬ。朕の言いたいことは、分かるであろう？」

「はは！　勿体なきお言葉にございます」

「徐光啓《じょこうけい》。秦良玉《しんりょうぎょく》と会ったことはあるか？」

「恐れながら、お会いできませんでした」

「それは惜しい。かの者は、真《まこと》の国士であったぞ！」

秦良玉《しんりょうぎょく》の話になった途端、崇禎帝《すうていてい》は上機嫌になった。

「朕は、詩を四篇送った。褒美もたんとはずんだぞ！」

「それは、良きお考えかと存じます。秦良玉《しんりょうぎょく》は四川の土司《どし》でありながら、私財を投げうって都に馳せ参じました」

「そうだ。女でありながら、何という勤王の心であろうか。朕は感じ入ったぞ」

「陛下の御心に、秦良玉《しんりょうぎょく》もまた後に涙を流したとか」

「そうか！　それは、益々感じ入ったぞ！」

崇禎帝《すうていてい》は手を叩いて喜んでいた。だが暫《しばら》くすると、また眉間に皺を寄せ始めた。

「それに引き換え、袁崇煥《えんすうかん》は何という謀反人か！　かの者は、今日の午後にでも処刑だ！」

「陛下、お待ちください！　袁崇煥《えんすうかん》は謀反人ではありません。国の宝です。かの者を殺してしまっては、誰が後金を止められましょうか！」

崇禎帝《すうていてい》は再び、眉を細めた。

「徐光啓《じょこうけい》。どうしても、袁崇煥《えんすうかん》を謀反人ではない、と言うのだな」

「はは！　この都には、後金の間者も入り込んでおります。彼らもまた、袁崇煥《えんすうかん》謀反の噂を、焚きつけておるのです！」

「徐光啓《じょこうけい》よ。これ以上はよそう。袁崇煥《えんすうかん》には、三日間の命をやろう」

「陛下、どうか！　袁崇煥《えんすうかん》をお許しください！」

「徐光啓《じょこうけい》！　庇《かば》いようが過ぎるなら、其方《そなた》への疑いも生じるぞ！」

徐光啓《じょこうけい》は、はっと目を見開いた。

気付いたときには、崇禎帝《すうていてい》は不機嫌そうな表情のまま後ろへ下がって行った。

その日の午後、徐光啓《じょこうけい》は袁崇煥《えんすうかん》のいる牢へ足を運んだ。

牢は、二畳ほどの広さだった。

袁崇煥《えんすうかん》は手足を鎖で繋がれ、尻を床につけて両膝を立てている姿勢だった。

徐光啓《じょこうけい》は牢に入ると床に平伏した。

「すまぬ！　袁崇煥《えんすうかん》！　陛下の御心を止めることは、できなかった！」

「よいのです、徐光啓《じょこうけい》殿。私の処刑は、今これからですか？」

「いや、三日後に決まった」

「三日間？　これは、陛下の温情ですね」

「しかし」

「私は軍人です。死と隣り合わせの人生です。三日も命を頂けるだけでも、大変に有難《ありがた》いことです」

「其方《そなた》ほどの、忠義の男が謀反人として処刑されるとは、何という無念！」

「そう仰らないでください。これは、私が自ら招いたことです。それよりも」

「それよりも？」

「満桂《まんけい》たちは、大丈夫でしょうか？　後金軍が攻めてきたと聞きましたが」

「幾つか城を焼かれたが、大事には至っていない。満桂《まんけい》たちは、よく踏ん張っている」

「それなら、安心しました。これで心置きなく、死ねます」

「其方《そなた》は、まだこれからの人物ではないか。諦めてはいかん」

「私にできることは終わりました。後は黄泉より、国の無事を願い続けます」

「わしは諦めんぞ。必ず、其方《そなた》の無実を明らかにしてみせる」

徐光啓《じょこうけい》の目から、ぽろぽろと涙が零《こぼ》れてきた。

「もうよいのです、徐光啓《じょこうけい》殿。もう、よいのです」

牢の中で、徐光啓《じょこうけい》の嗚咽が木霊した。

袁崇煥《えんすうかん》は微笑むように目を閉じた。

「徐光啓《じょこうけい》殿に、問いたいことがあります」

「なんなりと、聞いてくれ」

「徐光啓《じょこうけい》殿にとって、天命とは何でしょう?」

「わしは、国に忠を尽くすことしか考えておらぬ。それが終われば、後はゼウス様のもとへ逝《ゆ》くだけよ」

「そうでしたね。徐光啓《じょこうけい》殿には、別の主《あるじ》がいるのでしたね」

「だが、未だこの年になっても、天命というのは良く分からん」

「良く分からない、が正解だと思います。しかし、大いなる天の下、己の命を燃やして懸命に生きることが、私たちにとっての、天命の在り方なのではないでしょうか?」

「其方《そなた》にとって、それがヌルハチであったのか」

「ヌルハチは、己の魂を燃やし尽くして死にました。私も、そうありたかった」

「其方《そなた》もまた、燃やし尽くしたのか?」

「私は戦いの果てに、その生命を全うしたと感じています」

「そうか」

「徐光啓《じょこうけい》殿。実は、私はヌルハチとホンタイジに、直に会ったことがあるのです」

「それはまことか?」

「はい。そして感じました。私たちは、分かり合える、と」

「それは、明と後金が手を結ぶ、ということか?」

「いえ、そうではありません。人と人。たとえ知らぬ相手であろうと、国家同士の仲が悪くても、相手をよく知ろうとすれば、自《おの》ずと道は開けます」

「わしには、信じられぬな。あの者たちと分かり合おうなど」

「それが、私の夢、です」

「それが希代の名将、袁崇煥《えんすうかん》の夢、か」

「お世話になりました、徐光啓《じょこうけい》殿」

「わしも先は長くない。縁があったら、また会おうぞ」

徐光啓《じょこうけい》は牢から出て行った。

三日後の朝、北京の街中に刑場が立てられた。

処刑の理由は、他国と通じ、祖国と民族を裏切ったこと。

その方法は、凌遅刑《りょうちけい》。

凌遅刑《りょうちけい》とは、肉体を少しずつ切り取り、激しい苦痛を長く与えながら死に至らしめる刑罰である。主に国家を裏切るなど、第一等の罪を犯した者を処刑する際に用いられる。

袁崇煥《えんすうかん》が刑場へ向かう道には、多くの群衆が押し掛けた。

罵倒する者、石やごみを投げ込む者。

役人が事態を収拾しようとするものの、一度暴徒と化した群衆は、そう収まらない。


袁崇煥《えんすうかん》たちは、間を縫うように進んだ。

「袁崇煥《えんすうかん》！　裏切り者！　早く死ね！」

少女が叫んだ。大人たちも同調するように叫んだ。

袁崇煥《えんすうかん》はやがて、刑場の磔台に縛られた。

その視界に、大きな風景が広がった。

投げ込まれる多くの石を、役人が防いでいる。

誰もが、憎悪の表情をしていた。

誰もが、真っ赤な眼で睨んでいる。

宙《そら》は、蒼い。

「いくぞ」

酷吏《こくり》が小さな刃を、此方《こちら》に向けた。

袁崇煥《えんすうかん》は、目を閉じた。

果たして分かり合えるのだろうか。

いや、必ず分かり合える。

分かり合う日が、くる。

それが、俺の夢だ。

俺の夢は、これから始まるのだ。

「いくぞ？　袁崇煥《えんすうかん》」

魂は天に還り、肉体は地に捨て、志は、人へ継ぐ。

やる事はやった。

男として、生きた。

人として、生きた。

俺は、生きた。

「好きにしろ」

刃が、肉を割く音がした。

袁崇煥《えんすうかん》の夢が今、始まった。


〜〜〜〜〜〜〜〜〜〜〜〜〜〜〜〜

崇禎三年（西暦千六百三十年）、十一月
この時代、鄭芝龍《ていしりゅう》を中心とした海上軍閥《ぐんばつ》が日明の貿易の要を担い、日本産の銀と明で作られた生糸の交易が行われていたのは、先に触れた通りであるが、それに目を付けた西欧の国がいた。

ポルトガルと、オランダである。

明の十三代目皇帝、隆慶帝《りゅうけいてい》の頃に、明の海禁は緩和されたが、相変わらず日明双方の商人の渡航来航は禁止であり、直接交易は認められなかった。

ポルトガルは、その隙《すき》をついた。

ポルトガル商人は、明よりマカオでの居住を認可されてから、極東沿岸に安定した拠点を築くことに成功し、日明の交易に参入し、大きな利益をあげた。

しかしやがて、オランダの参入や、日本でのキリシタン禁令や朱印船貿易の開始によって、ポルトガルには強い逆風が吹いていた。

そんな中、新たな交易の拠点となったのは、台湾である。

オランダは台南にゼーランディア城を築き、有力な海上軍閥であった鄭芝龍《ていしりゅう》と手を結び、日明の貿易に参入した。

鄭芝龍《ていしりゅう》はオランダ商館で通訳を務めた経験があり、日本や明、オランダやスペインなど、この貿易に携わる国々に対して強い繋がりを持っていた。明もまた、鄭芝龍《ていしりゅう》を台湾に最も近い港湾都市である廈《あ》門《もい》の総督に任じた。

　これによって鄭芝龍《ていしりゅう》の勢力は増し、その暮らしは、地方軍閥どころか、まるで王侯貴族のようであったと伝わる。

　鄭芝龍《ていしりゅう》は若い頃、日本の平戸に住んでいた。そこで田川七左衛門《たがわしちざえもん》という堺の男と出会った。七左衛門《しちざえもん》は、海運業を志して移住した武士であった。二人は意気投合し、娘のマツを嫁に貰《もら》った末、一男をもうけていた。

　名を、福松《ふくまつ》という。

　鄭芝龍《ていしりゅう》は大陸に戻る時、福松《ふくまつ》を連れて帰りたかったが、当時は海上軍閥同士の諍《いさか》いが激化していた。七左衛門《しちざえもん》の意向もあり、福松《ふくまつ》は暫《しばら》く田川家の元で養育されることになった。

　それからやがて、六年経った。

　鄭芝龍《ていしりゅう》は漸《ようや》く、平戸の土を踏んだ。

　船から下りた鄭芝龍《ていしりゅう》を出迎えたのは、マツ、七左《しちざ》衛門《えもん》、そして福松《ふくまつ》であった。


「父上《フウチン》！」

　福松《ふくまつ》は目を赤くしながら、鄭芝龍《ていしりゅう》にしがみついた。

「お前、福松《ふくまつ》か！　いやあ、大きくなったァ！」

「父上と話す為に、明の言葉を、覚えました！」

「何と賢い子だ！　素晴らしい子だ！」

　福松《ふくまつ》の後ろから来たのは七左衛門《しちざえもん》とマツだった。

「七左衛門《しちざえもん》殿。いえ、義父上《ちちうえ》。これまで、お世話をかけました」

「七左衛門《しちざえもん》でよい。鄭芝龍《ていしりゅう》殿も、今では廈門《あもい》の総督。義父として、鼻が高いですぞ」

「マツ。会いたかったぞ」

「私もです。旦那様」

　七左衛門《しちざえもん》とマツもまた、目を赤くしていた。

　四人は港から七左衛門《しちざえもん》の館に向かった。

　七左衛門《しちざえもん》の館は、鄭芝龍《ていしりゅう》が通っていた頃よりずっと大きくなっていた。

　どうやら、六年の間に事業が成功したらしい。よく見ると、三人の服も良い生糸を使っている。

館の中は西洋風になっていた。

間に机を挟んで、四人は椅子に腰かけた。

すぐに、女中が酒や料理を運んできた。向付《むこうづけ》や汁に始まり、八寸に盛り付けた山の物や海の物など、日本の色の濃い料理であった。

「鄭芝龍《ていしりゅう》殿は、南蛮の食べ物など食べ飽きていると思いましてな。我が国の料理でもてなそうと、マツと決めたのです」

「いやはや、ありがたい限りです。日本の料理は、どれも品がある。世界一かもしれません」

「御冗談を」

四人は笑いながら、料理を楽しんだ。

途中、福松《ふくまつ》が覚えたての外国語を披露した。

明の言葉の他に、オランダ語も微《わず》か学んでいた。

福松《ふくまつ》の聡明さに、鄭芝龍《ていしりゅう》は舌を巻いた。

「わが子ながら、福松《ふくまつ》は本当に賢い。義父上には、感謝してもしきれません」

「感謝しきれない、等と言わないでくだされ。大切な子を預かっているのですから、当たり前のことをしたまで。それに私にとっても、大事な孫です」

「その御心に、感服致しました。礼とまではいきませんが、私はこれより、みなに珍しいものを披露したいのです」

「鄭芝龍《ていしりゅう》殿、珍しいもの、とは？」

鄭芝龍《ていしりゅう》はにこっと笑うと、部下にそれを運ばせた。

運んできたのは、六本の弦が張られた楽器だった。

七左衛門《しちざえもん》は、興味深そうに見ている。

「鄭芝龍《ていしりゅう》殿、これは、私も見たことがありますぞ。確かオランダ人が音をならしておりましたな。しかし、どこか琉球の品にも似ている」

「琉球のものは弦が三本、これは六本あります。これは、私が特別に作らせたものです。どれ、鳴らしてみせましょう」

鄭芝龍《ていしりゅう》は慣れた様子でその楽器を抱えると、両方の指を使って音を鳴らし始めた。

優しい音色だった。しかしどこか、悲しみを帯びていた。

鄭芝龍《ていしりゅう》は音を鳴らしながら、詩《うた》をうたった。

最初はオランダ語、次にスペイン語、ポルトガル語、一番最後は、日本語でうたった。息子に今すぐ会いたい、という内容の、船乗りの詩であった。

七左衛門《しちざえもん》とマツの頬に、熱いものが流れた。

歌い終えたとき、鄭芝龍《ていしりゅう》もまた、頬を濡らしていた。

「義父上、私はこの日を、一日千秋の思いで待っていました。漸《よう》く、息子と会えた」

「良かった。本当に、良かった」

「七日後の朝、船が出ます。しかしマツを連れて行くことは、叶いませんでした」

「ご案じめさるな。いずれ三人で暮らすことが叶いましょう。七日の間、どうぞ我が館にて、ゆっくりお過ごしください」

鄭芝龍《ていしりゅう》は目を赤くしながら一礼した。

七日間、鄭芝龍《ていしりゅう》は家族四人で過ごした。

昼は福松《ふくまつ》に明の言葉を教え、夜はマツと愛し合った。

充実した日々だった。

永遠に、このままでありたい。

権謀術数《けんぼうじゅっすう》に明け暮れている鄭芝龍《ていしりゅう》にとって、家族揃っての時間は、掛け替えのない時間であった。

そして七日目の朝、船出のときがきた。

船の上には鄭芝龍《ていしりゅう》と、福松《ふくまつ》がいた。

福松《ふくまつ》は泣きじゃくって、顔を上げられずにいる。

見送りに、マツと七左衛門《しちざえもん》が来ていた。

船出の合図が鳴った。

「母上！　おじじさま！」

福松《ふくまつ》が叫んだ。

船が進み、海岸が、遠くなっていく。

マツや七左衛門《しちざえもん》もまた、何かを叫んでいる。

しかし、微《かす》かに聞こえていたその声は、波の音にかき消されて、どんどん小さくなっていく。

福松《ふくまつ》の両肩に、鄭芝龍《ていしりゅう》が手を置いた。

「福松《ふくまつ》。一年、一年だけ待っていてくれ。一年後、必ず母と会える」

「ねえ、父上。どうして、一年も会えないの？」

「日本と明は、今だけ、仲が悪いのだ。その間は辛抱するしかないのだ」

「嫌だ！　こんなに近いのに、会えないなんておかしいよ！　仲が悪いなんておかしいよ！」

「お前が大人になる頃には、きっと変わっている。必ず、良い世の中になっているはずだ」

船は、大海原に出た。

福松《ふくまつ》は三日後、鄭森《ていしん》と名を変える。

これが、後《のち》に国姓爺《こくせんや》と呼ばれる男の船出であった。

崇高なる大志を抱き、海原を駆けるその姿は、現代でも台湾の大英雄として、人々から尊敬の念を集めている。

誰よりも大きく、最も光り輝く星が、天空にその姿を顕《あらわ》した。

あとがき

鋏 海老治郎

物語は始まった。

王朝という天が交代する中で、人は、何を求めて生きていくのだろうか。

李自成を初め、果ては袁崇煥やホンタイジまでも、変革を望む者たちは閉鎖的な空間を破壊するべく、実に様々な闘争を繰り返す。

闘争とは、明日の命を保障されない者たちにとって、やむを得ないことであるが、同時に、乾いた魂を癒す救済の手段となり得るのかも知れない。

智謀を巡らし、剣を取り、野心を抱く。

人を騙し、ときには弑《しい》し、己の障害を踏み越える。

人は、生きる上で、常に己の善悪と戦わざるを得ない。

精神の奥深くにある善と悪。

それは、時代的、民族的区分けでは到底計れないものである。

そのような時代の中で、備前国平戸にて、一人の赤子が産声を上げた。

勤勉で勇猛な大和民族と、誇り高き漢民族の血が交わった、善悪を超越した最大の英雄がこの世に顕《あらわ》れた。

海原を駆け、護国の志を胸に秘め、大国と戦い続けた大英雄は、現在でも日本、中国、そして台湾の物語の中で神々しく輝き続ける。

明清交代期にみる風景は、現在の台湾情勢にも通じる。

徳川幕府は冷淡ともいえる姿勢をとったが、現代の人は、どのような決断を下すのであろうか。

私は物語を紡《つむ》ぎながら、叶うのであれば、歴史の証人でありたいと願う。


また拙著を発刊するにあたり、多大なご助言ご協力をいただきました、下野新聞社の嶋田一雄様、金子紫苑様、デザイナーの村松隆太様に心より御礼を申し上げます。

駅伝大帝《えきでんたいてい》 壱

2025年4月29日初版　第1刷発行

著　者　鋏 海老治郎
発　行　下野新聞社
〒320-8686 栃木県宇都宮市昭和1-8-11
電　話 028-625-1135
F A X 028-625-9619
https://www.shimotsuke.co.jp/
装　丁　村松 隆太
印　刷　晃南印刷株式会社